Une grande réédition !

de F

A San Pedro
ou ailleurs...

*Vous, vous aimerez ces gens
bizarres dans les bars, la nuit...
A San Pedro ou ailleurs...*

En vente chez votre libraire

Prix : 129 FF

DE L'ANTIGEL
DANS LE CALBUTE

DU MÊME AUTEUR

Dans la même collection :

Appelez-moi, chérie.
T'es beau, tu sais!
Ça ne s'invente pas.
J'ai essayé : on peut!
Un os dans la noce.
Les prédictions de Nostrabérus.
Mets ton doigt où j'ai mon doigt.
Si, signore.
Maman, les petits bateaux.
La vie privée de Walter Klozett.
Dis bonjour à la dame.
Certaines l'aiment chauve.
Concerto pour porte-jarretelles.
Sucette boulevard.
Remet ton slip, gondolier.
Chérie, passe-moi les microbes!
Une banane dans l'oreille.
Hue, dada!
Vol au-dessus d'un lit de cocu.
Si ma tante en avait.
Fais-moi des choses.
Viens avec ton cierge.
Mon culte sur la commode.
Tire-m'en deux, c'est pour offrir.
À prendre ou à lécher.
Baise-ball à La Baule.
Meurs pas, on a du monde.
Tarte à la crème story.
On liquide et on s'en va.
Champagne pour tout le monde!
Réglez-lui son compte!
La pute enchantée.
Bouge ton pied que je voie la mer.
L'année de la moule.
Du bois dont on fait des pipes.
Va donc m'attendre chez Plumeau.
Morpions Circus.
Remouille-moi la compresse.
Si maman me voyait.
Des gonzesses comme s'il en pleuvait.
Les deux oreilles et la queue.
Pleins feux sur le tutu.
Laissez pousser les asperges.
Poison d'Avril, ou la vie sexuelle de Lili Pute.
Bacchanale chez la mère Tatzi.

Dégustez, gourmandes!
Plein les moustaches.
Après vous s'il en reste, Monsieur le Président.
Chauds, les lapins!
Alice au pays des merguez.
Fais pas dans le porno...
La fête des paires.
Le casse de l'oncle Tom.
Bons baisers où tu sais.
Le trouillomètre à zéro.
Circulez y'a rien à voir.
Galantine de volaille pour dames frivoles.
Les morues se dessalent.
Ça baigne dans le béton.
Baisse la pression, tu me les gonfles!
Renifle, c'est de la vraie.
Le cri du morpion.
Papa, achète-moi une pute.
Ma cavale au Canada.
Valsez pouffiasses.
Tarte aux poils sur commande.
Cocottes-minute.
Princesse Patte-en-l'air.
Au bal des rombières.
Buffalo Bide.
Bosphore et fais reluire.
Les cochons sont lâchés.
Le hareng perd ses plumes.
Têtes et sacs de nœuds.
Le silence des homards.
Y en avait dans les pâtes.
Al Capote.
Faites chauffer la colle.
La matrone des sleepinges.
Foiridon à Morbac City.
Allez donc faire ça plus loin.
Aux frais de la princesse.
Sauce tomate sur canapé.
Mesdames vous aimez « ça ».
Maman, la dame fait rien qu'à me faire des choses.
Les huîtres me font baîller.
Turlute gratos les jours fériés.
Les eunuques ne sont jamais chauves.

Le pétomane ne répond plus.
T'assieds pas sur le compte-gouttes

Hors série :

L'Histoire de France.
Le standinge.
Béru et ces dames.
Les vacances de Bérurier.
Béru-Béru.
La sexualité.
Les Con.
Les mots en épingle de Françoise Dard.
Si « Queue d'âne » m'était conté.
Les confessions de l'Ange noir.
Y a-t-il un Français dans la salle?

Les clés du pouvoir sont dans la boîte à gants.
Les aventures galantes de Bérurier.
Faut-il tuer les petits garçons qui ont les mains sur les hanches?
La vieille qui marchait dans la mer.
San-Antoniaiseries.
Le mari de Léon.
Les soupers du prince.
Dictionnaire San-Antonio.
Ces dames du Palais Rizzi.
La nurse anglaise

Œuvres complètes :

Vingt-quatre tomes parus.

SAN-ANTONIO

DE L'ANTIGEL
DANS LE CALBUTE

Récit à s'en arracher la peau des couilles
pour en confectionner un sac du soir
à la dame de ses pensées

FLEUVE NOIR

© 1996 Éditions Fleuve Noir.

ISBN : 2-265-05772-X
ISSN : 0768-1658

LES GRANDES PENSÉES HISTORIQUES,
VOIRE HYSTÉRIQUES :

Bander, c'est bien.
Baiser, c'est mieux !

Comtesse de SÉGUR

Qui dîne, dort.

Raymond BARRE

Un soldat qui déserte au combat est
un soldat qui peut resservir.

Proverbe italien

Je sais que je mourrai des suites
d'une longue convalescence.

Frédéric DARD

PREMIÈRE PARTIE

QUELQUES PRÉCISIONS GÉOGRAPHIQUES PRÉLIMINAIRES

L'histoire dont je vais avoir l'honneur et l'avantage se passe dans une île peu connue du Club Med, à gauche de l'archipel Tintamar en mer d'Arafura.

Le bled en question, situé au-dessous de l'équateur, est, officiellement, la propriété du sultan Mormoilebrac, l'homme le plus riche du monde. C'est un territoire grand comme la moitié de la Corse, sans intérêt économique. Un peu de pêche perlière et des cultures d'agrumes assurent difficilement l'économie de l'île. Abandonnés par le monarque dont le sultanat s'étend dans les Célèbes, ses autochtones voulurent faire sécession.

Peu soucieux d'aller guerroyer pour des fèves, le sultan accepta la proposition d'un aventurier à la tête de spadassins modernes qui offrit au souverain de mettre ces sujets rétifs à la raison, à condition de recevoir, en échange de ses services, la charge de gouverneur à vie de l'îlot.

Mormoilebrac accepta et n'eut qu'à se féliciter

du marché. L'homme, un Polonais du nom de
Nautik Toutanski, réduisit à néant la révolte. Fit
périr les chefs de la conjuration en les balançant
sans parachute de son avion privé. Il était partisan
d'établir son autorité par des exemples specta-
culaires. Et comme il avait raison !

Sous sa bienveillante domination, le Klérambâr
(ainsi se nomme le pays en question) connut une
rapide prospérité sans que les rares sociologues de
la contrée ne comprissent pourquoi. L'ouverture
de salles de jeu et de maisons de plaisir fut pour
beaucoup dans ce brusque élan économique. Certains établissements spécialisés dans la prostitu-
tion infantile, et d'autres dans les sévices corpo-
rels, ajoutèrent à la récente réputation de l'île.
Nombreux furent les bateaux de plaisance qui
vinrent mouiller, ainsi que leurs passagers, dans
son port nouvellement aménagé. Des marchands
chinois y affluèrent, attirés par la soudaine réputation de cette terre jusqu'alors inconnue. Toutanski
interdit judicieusement la construction d'im-
meubles de plus de deux étages. En homme avisé,
il tenait à ce que le territoire placé sous son admi-
nistration conserve une ambiance détendue, ce qui
eût été impensable si d'affreux buildings étaient
venus souiller la nature équatoriale.

Au bout de quelques années d'une aussi sage
gestion, le sultan Mormoilebrac, intéressé par
l'expansion de l'île, décida de réviser ses accords
avec le Polak et de replacer le Klérambâr sous son
autorité directe.

Informé de la chose, le gouverneur prévint son suzerain qu'une telle décision serait à même de perturber son horoscope si elle était appliquée. Effectivement, dans la semaine qui suivit l'avertissement, l'épouse favorite du sultan périt d'une angine soignée d'un coup de sabre ; son Premier ministre se rompit la colonne vertébrale en ratant quarante-six des cent vingt marches du temple d'Hankulajasek, et sa Rolls-Royce préférée (celle en or massif avec les poignées de portières en diamants) vola en éclats lorsque le chauffeur mit le contact.

Informé de ces impedimenta, Nautik présenta ses sincères condoléances à Mormoilebrac et émit le vœu que cette série noire cessât le plus vite possible. C'était également celui du monarque, lequel confirma le Polonais dans ses fonctions en l'assurant de sa super-bienveillance teintée de sympathie.

L'essor de Klérambâr se poursuivit donc dans le calme et la sérénité.

Outre l'agrandissement du port, l'homme fort du pays y fit aménager un aérodrome susceptible d'accueillir des moyen-courriers ; une telle entreprise ne pouvait être éludée car elle engageait la prospérité de l'endroit.

Le Klérambâr n'était pas une île volcanique et son relief peu marqué ne comportait qu'une seule éminence de terrain d'environ trois cents mètres de haut.

C'est sur ce point culminant que le gouverneur érigea sa résidence. A la vérité, elle n'avait rien d'ostentatoire, sinon qu'elle s'entourait d'une solide muraille couronnée de pics et de barbelés électrifiés.

Plusieurs bâtiments se partageaient les trois hectares fortifiés : la villa du dictateur, de style italien, pourvue de colonnades, de baies en arc de cercle, de pièces d'eau, de patios à la fraîcheur continuelle. Et, à une centaine de mètres, le quartier des mercenaires composé d'une dizaine de petites constructions basses, autour d'une vaste piscine ovale. Chacune de ces habitations pouvait héberger une demi-douzaine de soldats et comprenait un dortoir découpé en stalles de deux lits, une salle de bains, un séjour plein d'agrément et une cuisine. Peintes en clair et confortables, ces maisonnettes eussent ravi les habitués d'un club de vacances. Alentour, s'étendaient des terrains de sport en plein air : stand de tir, gymnase, trampoline, court de tennis.

A l'extérieur du camp résidentiel, Nautik Toutanski avait fait agencer un quartier réservé à sa troupe, destiné au repos des guerriers. Une dizaine de filles appartenant aux trois races fondamentales de la planète y prodiguaient leur savoir à la garnison. Elles étaient placées sous l'autorité de quatre eunuques confectionnés à la demande de Toutanski. Pour cela, le médecin local avait castré quatre solides gaillards (contre bourse déliée).

Il s'agissait de volontaires appâtés par les fortes

primes proposées. L'un d'eux avait été heureux de se débarrasser d'une phénoménale orchite qui le faisait marcher comme un compas ; un autre ne bandait plus depuis qu'une femme jalouse lui avait écrasé les roustons entre deux pierres pendant son sommeil (la chose l'avait réveillé en sursaut) ; le troisième disposait d'un sexe à ce point minuscule qu'il l'avait équipé d'un lacet lui permettant de le retirer de ses brailles ; quant au quatrième, il se livrait à l'homosexualité passive et donc ne souffrit pas de cette ectomie. Ces quatre personnages veillaient sur le bordel, servant à la fois de gardiens et d'hommes de peine. Ils s'occupaient du ravitaillement de ces demoiselles et de leur protection rapprochée, intervenant lorsqu'un conflit éclatait entre elles et leur clientèle, car les mercenaires, qui ne mercenaient plus beaucoup depuis la pacification de l'île se livraient aux débordements qu'engendre l'inaction.

Au moment où débute ce passionnant récit, les effectifs de la garnison se trouvaient décimés par une sournoise épidémie. Un mal étrange en face duquel le médecin de l'île, un Suédois alcoolique, descendu vingt années auparavant d'un yacht appartenant à des amis, se montrait impuissant.

Le docteur Saabist était arrivé à Klérambâr en compagnie de son épouse, dans l'intention de la tuer. De fâcheuses objections de conscience, surgies à la dernière seconde, l'en avaient empêché.

Depuis cette infructueuse tentative, il subissait l'épousâtre en buvant comme un trou pendant que sa bourgeoise se faisait tirer par une grosse partie de la population insulaire. Les mâles de l'île possédaient une petite queue et il lui fallait en consommer beaucoup pour compenser cette anomalie de leur race.

Pour en revenir à la crise de mortalité qui opérait des coupes sombres dans l'armée prétorienne du « gouverneur », Nautik Toutanski se désespérait de cette perte d'effectifs.

Sur les soixante membres composant sa légion initiale, sept avaient trépassé en moins de quinze jours, tandis qu'une demi-douzaine d'autres « péclotaient ». Le mal mystérieux qui les frappait épargnait le reste de la population comme par miracle.

Le vieux poivrot de docteur Saabist, pris au dépourvu, voyait son prestige fondre au soleil équatorial. En désespoir de cause, il avait opéré des prélèvements sur les derniers cadavres, composé une collection de foies, d'estomacs, de viscères et de cerveaux qu'un messager avait convoyée jusqu'à un laboratoire de Singapour. On attendait les résultats en sachant que ce serait long.

Pendant ce temps, l'homme de l'art appliquait une médecine préventive des plus tâtonnantes. Elle consistait à surveiller l'alimentation de la troupe et à faire goûter les plats qui lui étaient servis par des gens de l'île. Aucun des cobayes n'eut à s'en plaindre. On étendit l'expérience aux putes, qui sortirent indemnes de l'épreuve. On renouvela le personnel préposé au service des soldats : rien n'y fit.

Le mal continuait de croître et de tuer.

Claquemuré dans sa résidence, Toutanski se sentait gagné par la panique.

Il ne se nourrissait plus que de conserves aux emballages dûment vérifiés, faisait bouillir l'eau de ses ablutions, mettait des doses historiques de désinfectant dans celle destinée à la vaisselle et aux chasses des toilettes ; bref, vivait comme un homme traqué.

Naturellement, une telle nouvelle ne pouvait demeurer longtemps secrète. Grande fut la liesse des insulaires quand ils apprirent ce qu'il se passait. Ils pensèrent aussitôt à une intervention divine désireuse de purger l'île de ses conquérants. Leurs faces devenaient chaque jour plus goguenardes. Des graffitis noirs s'épanouirent sur les murs blancs, qui promettaient châtiment et malédiction à l'occupant.

Agacé par ces manifestations déloyales, le dictateur fit mettre à mort quelques graphistes téméraires pris en flagrant délit de phrases séditieuses. Il eut l'idée originale de leur enfoncer dans le rectum une cartouche de dynamite et d'en allumer la mèche. La recette se montra gratifiante et les inscriptions cessèrent.

Soucieux de remplacer ses effectifs anéantis, Nautik Toutanski chargea différents correspondants,

avec qui il était en contact, de lui dénicher de nouvelles recrues. Sa déception fut grande quand il
apprit que cette louable profession se perdait. Tout
ce qu'il réussit à obtenir d'un « imprésario » africain ce fut trois hommes aux états de service
convenables.

C'est l'aventure de ces trois individus que nous
nous proposons de relater.

1

Nautik Toutanski s'éveillait toujours avec une bandaison cyclonique qui l'empêchait de se coucher sur le ventre. Sa licebroque matinale ne modifiait pas la chose et il devait passer par son harem privé avant de retrouver une démarche qui ne dût rien au pas de l'oie nazi de sinistre mémoire.

Le singulier gouverneur occupait le second étage de la maison, lequel se composait de trois pièces confortables, équipées de la vidéo et d'une salle de bains commune dont la baignoire possédait les dimensions d'une piscine et des jets rotatifs de rêve. Sa chambre était blindée. D'épais rideaux de fer la protégeaient d'éventuels assauts. Deux gardes veillaient à l'extérieur, en permanence ; et deux autres à l'intérieur. Un râtelier d'armes de poing surmontait la tête du lit.

Le Polonais enfila son peignoir (pour commencer) et prit l'ascenseur qui le hissa d'un étage.

A son arrivée, il fut, comme chaque jour,

accueilli par ses trois exquises pensionnaires : Mary, une blonde Britannique dont le fort prognathisme ajoutait du piquant à ses fellations, Noéma, une petite Tunisienne lascive, et Valodia, une Polonaise un peu plus âgée que ses deux collègues, qu'il avait choisie afin qu'elle lui débite, en baisant, des horreurs dans sa langue maternelle, attention à laquelle beaucoup de mâles se montrent sensibles.

Il arrivait qu'il prît les trois pour sa séance matinale, mettant en concurrence l'esprit d'initiative de chacune, ce qui triplait son plaisir ; mais ce matin-là, nonobstant son membre demandeur, il se sentait propre à un coït taciturne et fit signe à la Polonaise.

Ils s'enfermèrent donc dans la chambre de Valodia, aimable pièce tendue de cretonne vert pâle semée de myosotis. Plusieurs éléments contradictoires étaient fixés aux murs : un martinet, un godemiché, un poster montrant deux sodomites à l'ouvrage, la photographie de Lech Walesa, une culotte noire fendue à l'entrejambe, et le portrait d'une vieille religieuse qu'on aurait pu prendre pour Mère Teresa, mais qui se trouvait être la tante de Valodia.

Nautik n'accorda pas un regard à cette exposition composite qu'il connaissait par cœur. Se laissa tomber dans le « fauteuil de travail » de sa compatriote avec un long soupir de désabusance.

Comme il prisait volontiers la petite pipe de mise en condition, la chère fille s'agenouilla consciencieusement entre les jambes du dictateur. Elle écarta les pans de la robe de chambre noire, libérant sa matraque de C.R.S. qu'elle entreprit de flatter à l'extrême en la serrant entre ses deux mains opposées bien à plat. En fait, le gain de volume fut minime car son partenaire était déjà à l'apogée de l'érection.

D'ordinaire, il appréciait cette pratique, mais alors qu'elle s'apprêtait à l'emboucher pour parfaire la caresse, il soupira :

— Non, laisse !

Stupéfaite, elle interrompit sa manœuvre.

— Le doigt dans le cul, peut-être, monsieur le gouverneur ?

— Sans façon !

— Quoi, alors ?

Au lieu de répondre à cette question directe, il déclara :

— Je n'avais jamais remarqué ce bouton noir sur ta joue.

— Ce n'est pas un bouton, mais un grain de beauté.

— Il en sort des poils, c'est dégueulasse !

La fille, interdite, ne sut qu'objecter.

— Demande au médecin qu'il te brûle cette saloperie ! ordonna Toutanski.

— Ah ! ça non ! se rebiffa brusquement Valodia : ce vieux soûlaud me ferait attraper un cancer.

— Parce que ce bouton est cancéreux ? fit durement le tyran de l'île.

– Si on le bricolait, il pourrait le devenir.

Le dictateur réfléchit puis décréta :

– Mercredi prochain, un avion vient de Jakarta pour m'amener des renforts et du matériel : tu le prendras.

– Pourquoi irais-je à Java ? s'étonna-t-elle.

– De là-bas tu pourras trouver des vols pour où tu voudras.

– Vous me renvoyez ?

– Non : je te chasse, nuance. Je ne peux pas tolérer de gens malades.

– Mais je ne suis pas malade !

– Dis encore un seul mot et je te fais manger à la coque par une termitière. Tu connais ?

Il expliqua :

– Tu vois, dans la campagne, ces monticules ocre ? On sectionne la pointe et on t'enfonce dedans, tête première... Des milliers de bestioles te dévorent. Quand elles t'ont entièrement bouffée, on détruit les termites au lance-flammes.

La fille secoua la tête en signe d'incompréhension, s'efforçant de désamorcer l'homme par un calme qu'elle était loin d'éprouver.

– Pourquoi me parlez-vous aussi durement ? fit-elle. Ne sommes-nous pas du même pays ?

– Ça change quoi, que nous soyons polonais, toi et moi ? Tu restes une pute en instance de vérole et moi le gouverneur.

Une bouffée de rage s'empara de la prostituée.

– Gouverneur, vous ne le resterez pas longtemps !

Furieux, il saisit une oreille de Valodia dans chaque main et les lui tordit avec une telle férocité qu'elles s'ensanglantèrent.

– Qu'est-ce que tu viens de dire, puanteur?

– Rien, rien! gémit la fille.

– Pourquoi ne resterai-je pas longtemps gouverneur? Si tu ne réponds pas par la vérité, je t'incise de l'anus au nombril afin que tu te vides de ta charogne, tu m'entends?

– Des bruits qui courent, pleurnicha-t-elle. On dit que le sultan Mormoilebrac fait empoisonner votre garde pour vous réduire à merci. Quand vous n'aurez plus suffisamment d'hommes pour assurer votre sécurité, il vous fera arrêter et conduire à son palais. S'il ne vous a pas encore tué, c'est parce qu'il a besoin de faire un exemple. Il veut que vous soyez jugé, condamné, torturé sur la place publique et mis à mort de façon raffinée.

Une sudation glacée dévala les reins du tyran.

– D'où tiens-tu cela? demanda-t-il d'un ton pâle.

– Les gens parlent. Les décès qui s'opèrent dans la troupe sont interprétés par le peuple.

– Et que dit-on encore?

– Que les laboratoires de Singapour ne trouveront rien. La substance utilisée pour empoisonner vos mercenaires est un poison employé depuis des générations chez les sultans de Klérambâr. Il ne laisse aucune trace.

Machinalement, Nautik Toutanski [1] regarda son sexe. Il constata avec stupeur que celui-ci pendait comme une bite d'eunuque. Mieux, il était flasque et gris, tête de nœud comprise. Au grand jamais son zob n'avait montré plus triste visage sans avoir baisé. Dans sa poitrine tournait une boule d'étoupe qui l'étouffait.

Valodia, qui le guignait avec acuité, se dit que ses actions risquaient de remonter à la faveur d'une pareille déroute. Jouit-on du trépas des autres quand votre sort vous échappe ? Il convenait d'enfoncer le clou.

Elle leva son marteau !

— Monsieur le gouverneur, reprit-elle, n'attendez pas que vos guerriers soient anéantis pour vous mettre à l'abri. Si vous tardez, des révolutionnaires, préparés dans l'ombre, investiront votre résidence et vous feront prisonnier. Il sera trop tard pour réagir.

Elle examina avec une jubilation revancharde les traits creusés de son maître et seigneur, son regard battu par un indicible effroi, sa queue flétrie et sans orgueil.

— A votre place, reprit-elle, je sais ce que je ferais.

Il la questionna d'un œil lamentable.

— Je réunirais le maximun de richesses facilement transportables, et sans crier gare, je prendrais

---

1. Nous tenons à souligner la modestie de l'auteur qui aurait pu obtenir un effet facile en intervertissant le nom et le prénom du tyran.

l'avion à la sauvette. J'irais le plus loin possible et m'y ferais oublier.

Il réfléchit un instant, haussa les épaules. Un flot d'énergie lui revenant, il déclara :

— Il faut découvrir qui fait prendre le poison à mes soldats.

— Vous ne trouverez pas !

— Et pourquoi ?

— Parce que toute la population est contre vous !

Il réfléchit un court moment puis questionna :

— Mary et Noéma sont également au courant de ce qui se passe ?

— Je n'en sais rien, mais de toute façon elles s'en fichent. Noéma parce qu'elle est stupide, Mary parce qu'elle est anglaise.

Nautik Toutanski ferma sa robe de chambre dont il resserra la ceinture. Puis il alla ouvrir la porte et appela deux de ses gardes qui traînaient leurs couilles dans l'antichambre.

— Venez ! enjoignit-il.

Les deux hommes pénétrèrent dans la pièce. Lors, le Polonais s'en fut ouvrir la fenêtre en grand et dit à ses mercenaires :

— Vous voyez les piques qui entourent la résidence ? Vous allez prendre cette pute chacun par un bras et une cheville et la flanquer dehors. Si vous parvenez à l'embrocher, je vous remets à chacun une prime de cinq cent mille roupettes Pacifique.

Les deux hommes acquiescèrent. La malheureuse

poussait des hurlements rappelant la mise à mort d'un porc dans une cour de ferme. Ses cris n'eurent aucun effet dissuasif sur les tortionnaires. Ils s'emparèrent de la compatriote de Chopin et se mirent à la balancer de plus en plus fortement, en scandant : « Un... Deux... Trois ! »

La fille partit avec ses clameurs.

Au bout d'un bref instant, celles-ci cessèrent.

Toutanski écarta ses sbires pour regarder. Valodia pendait, deux piques émergeaient de son dos après l'avoir traversée de part en part. Ses jambes et ses bras battaient l'air misérablement, sa tête remuait également et on l'entendait geindre.

— Bravo ! complimenta le gouverneur. Voilà de l'argent facilement gagné, non ?

Les braves soldats eurent des sourires de fiers-à-bras.

Le Polonais referma la fenêtre pour que l'air conditionné ne s'échappe pas davantage.

2

Le grand Noir et ses deux compagnons sortirent de l'avion, les jambes molles. Partis
d'Afrique du Sud deux jours plus tôt, ils venaient
de franchir plusieurs milliers de kilomètres dans
des appareils douteux, appartenant à des compa-
gnies confidentielles. Des somnolences en vol,
des siestes au cours des escales n'avaient pu
endiguer leur état de fatigue. Les trois « nouveaux » marchaient de ce pas qu'ont les touristes
venant de descendre par l'escadrin tous les étages
de la tour Eiffel.

Le commandant de leur nouvelle « armée » les
attendait, flanqué de deux soldats en treillis léo-
pard. C'était un Ukrainien blond, à la boule rasée
et au regard d'acier comme on dit puis dans des
livres d'action moins coûteux que celui-ci, mais
que tu as du mal à lire jusqu'au bout, sauf si tu te
fais lécher le sous-couilles pour agrémenter. On
avait beau sonder son visage, on ne parvenait pas
à y déceler la moindre trace d'humanité. Il avait
massacré une forte quantité de Noirs au cours de

son existence car il adorait confectionner de faux calmars en découpant leurs trous du cul.

Il s'avança vers les trois hommes et les apostropha :

— Nommez-vous !

Le Black se présenta :

— Sydney Poitier, mon colonel.

— Comme ça, vous êtes nègre ?

— Comme ça et autrement, admit la nouvelle recrue.

Le chef des armées parlait mal l'anglais, le français, l'allemand, l'italien, l'espagnol, l'abyssin, l'hébreu, le sanscrit, le grec ancien, le suédois, ainsi que cent autres langues ou dialectes épars sur la planète.

— Je déteste les nègres ! assura-t-il.

— C'est un honneur que vous leur faites, mon général !

Sans relever la boutade qu'il n'avait pas saisie parfaitement, le réceptionnaire passa au deuxième.

— Vous ? fit-il en appuyant durement le pommeau de la cravache contre son ventre.

— Gargantua, sir.

— Espagnol ?

— Par un ami de ma mère. Mais si vous voudriez bien pas m' défoncer le bide avec vot' truc, j' v' z'n saurerais un plein pot d' gré.

— Qu'est-ce que vous dites ? hurla l'Ukrainien en postillonnant une écume d'égout en crue.

— Qu' vous allez m' dévisser le nombrille ! avertit le gros mercenaire. J' voye pas la raison d' faire mal à un gonzier v'nu s'enrôler chez vos éclaireurs.

Le calme et le regard incisif de l'arrivant en imposaient au chef tortionnaire. Ce qui le gênait considérablement, c'était de mal saisir les paroles de l'autre. Il mesurait chaque jour davantage que l'illettrisme condamne l'individu aux étages inférieurs de la société. Pour ne pas pousser plus loin l'affrontement, il interrogea le troisième.

– Vous ? demanda-t-il sèchement.

– A vos chers ordres, Excellence ! clama l'interpellé, le menton braqué sur l'équateur, lequel n'en finissait pas de faire le tour de la planète.

– Nom ?

– Jean Dupont.

– Vous êtes juif ?

– Par contumace, mon général.

– Nationalité ?

– Hétéroclite.

Le militaire prit du recul afin de mieux toiser ses renforts.

– Je suis votre chef ! aboya-t-il en doberman moderne.

Loin de provoquer respect et servilité, sa déclaration déclencha chez le dénommé Gargantua un pet d'une telle intensité que tous les assistants en furent estomaqués.

– Il est pas passé loin, hé ? jubila l'instrumentiste à vent. Un commak qu'est pas assuré de ses arrières, y fait du dégât dans les bénoches, j' vous prille d' le croire.

Comme il lui restait du souffle et de la verve, il en proposa un nouveau, moins tonitruant mais plus mélodieux.

L'Ukrainien hésita, se demandant si pareille flatulence compromettait son autorité. Après réflexion, il annonça :

– Mon nom est Fépalov ! Grégory Fépalov ; mais vous m'appellerez « Chef ». Votre vie ici sera douce et consistera à maintenir l'ordre en imposant la crainte. Pour cela il suffira de procéder à quelques exécutions à l'amiable.

« Un niacouais ne vous salue pas : vous lui ouvrez la gorge d'une oreille à l'autre pour le faire rire large. Vous verrez, ça deviendra automatique. Ceux d'entre vous qui enculent les petits garçons le feront en privé ; à quoi bon provoquer les pudibonds ? Vos camarades vous expliqueront.

« Maintenant, je vais vous présenter à notre gouverneur bien-aimé le grand Nautik Toutanski qui, à compter de cet instant, devient votre père vénéré. Vous lui devez obéissance et soumission. Dites-vous bien qu'en vous engageant dans sa garde, vous lui faites le don de votre personne. »

Il plaqua sa main droite sur sa poitrine et s'inclina, ce qui constituait le salut toutanskien. Ses hommes l'imitèrent. Ce fut bref et impressionnant.

Assis dans le jardin, sur un fauteuil d'osier qu'abritait un vaste parasol, le Polonais réfléchissait en fumant un cigare pour combattre l'atroce odeur qui se dégageait du cadavre de sa compatriote embrochée. Il avait décidé de la laisser quarante-huit heures sur ses piques. Il croyait à l'efficacité des mesures exemplaires, sachant trop bien que la trouille est le commencement de la sagesse.

L'arrivée des nouveaux, l'arracha à sa méditation. Il les examina posément de ses yeux insensibles.

— Pourquoi un Noir ? demanda-t-il. Ça n'a jamais été précisé.

Grégory Fépalov hocha la tête.

— Je ne le savais pas non plus, Excellence, murmura l'Ukrainien.

Le *colored man* ainsi mis en cause, se permit d'intervenir :

— Je suis noir de peau, mais blanc de cœur, Excellence.

Surpris, le tyran lui accorda davantage d'attention.

— Sur quoi te fondes-tu pour prétendre une telle chose ?

— Sur ma foi en l'Occident qui est la lumière du monde.

— Voilà une belle formule qu'il est surprenant d'entendre dans la bouche d'un nègre, approuva Toutanski. Je sens que nous allons bien nous entendre. D'ores et déjà, je te nomme chef de groupe !

— Vous me comblez, Excellence.

Le Polak posa quelques questions de routine

aux deux autres et parut satisfait de ce premier contact.

— Ici, la discipline est dure, mais la solde est bonne. Vous disposez en outre d'un harem pour l'équilibre physique. Les primes sont fréquentes. Un conseil : méfiez-vous des habitants, il n'y a pas plus perfide que ces gens-là. N'acceptez jamais rien d'eux. Surveillez votre alimentation, buvez de l'eau, de la bière ou du vin provenant de bouteilles cachetées. Ne tirez pas d'autres filles que celles qui sont à votre disposition. Ne vous baladez jamais seuls et, surtout, pas de nuit. Une dernière chose : nous devons rester unis. Vous pouvez compter sur moi comme je compte sur vous.

Le mercenaire qui prétendait s'appeler Jean Dupont intervint :

— Puis-je me permettre une question, Excellence ?

— Allez-y.

L'homme (un beau garçon à l'expression volontaire) désigna la femme en décomposition sur la grille proche :

— Est-il indiscret, Excellence, de vous demander la signification de ce cadavre ?

— Simple manœuvre de dissuasion.

Jean Dupont acquiesça gravement.

— Voilà qui est d'une grande sagesse, admit-il.

On conduisit les nouveaux au bungalow qui leur était affecté.

Deux couches y étaient occupées, malgré

l'heure. Grégory Fépalov expliqua aux arrivants qu'il s'agissait de miliciens malades. Ensuite il laissa le contingent neuf emménager.

Dès qu'il eut tourné les talons, le Noir toucha les épaules de ses deux compagnons. Ils le regardèrent. Sydney Poitier mit un doigt devant sa bouche, puis leur désigna un petit objet noir fixé au plafond, près de la lampe électrique.

Le Gros et le Beau comprirent l'avertissement : micro !

Ils commencèrent de s'installer, ce qui consistait à transférer le contenu de leurs bagages dans l'armoire de fer jouxtant chacun des lits. L'air conditionné baignant la pièce leur apportait une agréable sensation de fraîcheur.

Une fois leurs rangements effectués, ils s'assirent autour de la table dans la seconde partie du local. Un réfrigérateur ronronnait en vibrant. Ils y découvrirent une grande quantité de bière tchèque et en prélevèrent trois bouteilles qu'ils examinèrent de près avant de les décapsuler.

Gargantua se mit à boire en force, et en trois coups de glotte eut raison des quelques centilitres de bibine. Les rota puissamment et alla puiser un nouveau flacon dans le frigo. Comme il en revenait, il fit un crochet par l'un des plumards où reposaient ses collègues mercenaires. Il se pencha sur un dormeur, le palpa, puis s'approcha de l'autre.

– J'ai le regret de vous annoncer que ces deux mecs sont clamsés ! fit-il.

Et il vida sa seconde canette.

3

Son Excellence, quand elle apprit ces deux nouvelles pertes, eut une idée qui valait ce qu'elle valait, c'est-à-dire un tout petit peu mieux que rien. Elle fit annoncer par affiches et haut-parleurs à la population insulaire, qu'à chaque décès qui se produirait désormais, dix habitants seraient enterrés debout, jusqu'aux épaules, et qu'on coulerait du ciment sur eux. Seule leur tête demeurerait à l'air libre, leur permettant de respirer et donc de survivre un certain temps. On étancherait leur inévitable soif avec du vinaigre, histoire de les initier à la passion du Christ ; et tous ceux qui en manifesteraient le désir auraient le droit de leur pisser sur la gueule.

Cette mesure était édictée avec effet rétroactif, concernant les deux derniers défunts.

C'est donc vingt personnes qui furent choisies, enterrées et cimentées. La chose s'opéra dans le nouveau parc d'agrément de Klérambâr, face à la cascade Glôûglôû, de manière à ce que la vision de cette onde fraîche et mousseuse accroisse le calvaire des suppliciés.

Las ! contre tout espoir, l'effroyable châtiment, loin d'endiguer les morts suspectes, ne fit que les accélérer. En huit jours, onze miliciens périrent.

Devant pareille hécatombe, ce qui subsistait de la troupe décida de quitter ce territoire maudit. Ils voulurent faire part de cette sage décision à l'Ukrainien, mais Grégory Fépalov se trouvait dans le coma ; l'un d'eux accepta d'aller prévenir Nautik Toutanski. Fâcheuse initiative : le Polak lui fracassa la tête d'une balle de 9 mm tirée à bout portant dans l'oreille.

Cet acte commis, histoire de décompresser un brin, Toutanski manda deux gars de sa garde prétorienne, lesquels se trouvaient surarmés, notamment d'un pistolet-mitrailleur de fabrication suédoise, et convoqua le reste de ses soldats, soit trente-deux hommes.

En termes âpres, émaillés de menaces, de jurons et autres imprécations aux riches sonorités, il les avertit que, détenant leurs passeports, il les avait à sa merci et que le premier qui voudrait rompre son engagement se retrouverait viande froide. Il dit qu'un laboratoire de Singapour cherchait un vaccin contre le mal qui sévissait et que dans les jours prochains, chacun serait immunisé. Le docteur Saabist venait d'ores et déjà de recevoir du matériel susceptible d'enrayer le fléau. Donc, pas de panique. Les soldes seraient doublées et de nouvelles filles allaient rafraîchir les effectifs du lupanar, dont une Chinoise aux prouesses amoureuses réputées dans tout le Sud asiatique.

La grogne se calma quelque peu et le Polonais rentra chez lui. A peine venait-il de retrouver son climatiseur et son verre de vodka au poivre que ses gardes le prévinrent qu'une des nouvelles recrues demandait à lui parler. Agacé, Nautik Toutanski allait refuser d'accorder audience, mais, se ravisant, il fit entrer le nommé Jean Dupont; son regard intelligent lui plaisait. Il reconnaissait en lui un individu d'une tout autre trempe que ses autres mercenaires.

— Je n'ai pas pour habitude de recevoir à l'improviste, déclara-t-il, pour préserver son autorité.

— Je m'en doute, Excellence, mais il y va de votre salut.

Le compatriote de Mme Curie fronça les sourcils.

— Expliquez-vous.

— Je souhaite vous entretenir de cette singulière épidémie qui ne s'en prend qu'à vos soldats; pas un autre habitant de Klérambâr n'en est atteint.

— Et alors? demanda le tyran.

— Alors? Mais votre cause est perdue, Excellence. Vous n'avez pas convaincu vos hommes, tout à l'heure. Le vent de la révolte gronde dans leurs rangs. Ces types courageux, prêts à mourir pour leur solde, ont peur de la mystérieuse maladie. Elle constitue un ennemi impossible à combattre. Leur seule chance de sauvegarde réside dans une évacuation rapide. Simple question d'heures, de minutes peut-être. D'un moment à l'autre, ils encercleront votre maison et la mettront à sac après vous avoir lynché. Vos gardes du corps n'opposeront aucune résistance car ils ont autant la frousse que les autres.

Ce discours, bien qu'il parût ne pas entamer la volonté de Toutanski, effectuait des dégâts dans sa gamberge.

Il se laissa aller à gratter ses gros testicules qu'une crise d'urticaire malmenait.

— Pourquoi venez-vous me raconter cela ? demanda-t-il sèchement.

— Parce que l'heure est grave, Excellence, voire critique.

— Vous avez une solution ?

— La seule qui s'impose : la fuite. Et encore ne faut-il pas perdre une seconde. Il convient de préparer un vol de toute urgence pour Djakarta. Officiellement, il s'agira d'aller chercher le vaccin promis. Vous serez censé demeurer dans votre résidence, mais en secret, vous vous ferez conduire à l'aéroport et prendrez place au dernier moment dans l'appareil.

Le tyran l'écoutait sans marquer la moindre réaction.

— Et où irai-je ? demanda-t-il.

Dupont haussa les épaules et répondit avec un rien d'agacement :

— C'est votre affaire !

Ils se toisèrent sans aménité.

— Et vous ? demanda le Polonais.

— Nous n'aurons pas d'autres ressources que de

partir avec vous jusqu'en Indonésie ; une fois là-
bas, chacun tirera son bord.

— Pourquoi vous souciez-vous de moi ? fit Toutanski.

— Erreur, Excellence : je me soucie de moi et
de mes deux camarades. Considérez le coup fourré
dans lequel nous sommes : engagés comme force
de soutien, nous arrivons dans un pays en pleine
décomposition. Vos soldats meurent à qui mieux
mieux, le soulèvement gronde. Réalisant l'urgence
de cette situation, nous n'avons plus qu'une idée
en tête : nous tirer au plus vite de ce bourbier.
Vous seul pouvez nous y aider, conclusion : vous
prêter assistance équivaut à nous sauver nous-
mêmes. Nous avons partie liée.

— Supposons que je refuse votre proposition ?

— En ce cas, nous partirons sans vous.

— Comment ?

— En prenant l'avion que vous ne manquerez
pas de mettre à notre disposition.

— Affréter un vol spécial pour votre départ ?
Vous avez une haute idée de vos personnes !

— Tout homme en grand danger est amené à se
valoriser, assura le mercenaire.

Son interlocuteur continuait de le sonder de ses
yeux froids et impitoyables.

— Vous me faites un étrange baroudeur, dit-il ;
bien trop malin pour barouder sans convictions
arrêtées. Qui vous envoie ?

— Personne d'autre que ma propre volonté. A
ne rien vous cacher, je pensais qu'il pouvait être

bon de tenter l'aventure dans un coin tel que celui-ci. Je ne m'imaginais pas tomber dans un chaudron sur le point d'exploser. Si je puis me permettre cette dernière question, êtes-vous conscient de la précarité de votre situation ?

— Elle est tellement précaire que je peux fort bien vous faire empaler sur-le-champ !

— Ce supplice ne ferait que précéder ceux qui vous attendent, assura calmement Jean Dupont. Votre attitude joue contre vous. Si vous tardez, vous regretterez le temps perdu.

Comme il disait ces sages paroles, une détonation retentit à l'extérieur et une balle fit éclater l'un des carreaux. D'autres suivirent.

La nouvelle recrue se précipita sur le dictateur et le poussa dans un fauteuil. A peine venait-il d'agir, qu'une rafale balaya les objets précieux disposés sur un secrétaire.

— Vous voyez : je péchais par optimisme, dit le nouveau.

Nautik Toutanski s'arracha du fauteuil et, courbé en deux, s'élança vers la porte.

La fusillade venait de cesser.

Quand le tyran ouvrit, il se trouva en présence de ses gardes privés, lesquels braquèrent sur lui deux mitraillettes aux canons brillants.

— Les mains en l'air ! lui intima l'un d'eux.

— Tu es fou, Stern ! grommela le Polonais.

— Ta gueule, sinon je te vide ce chargeur dans les tripes ! répondit l'interpellé.

Il ajouta, à l'adresse de son compagnon :

– Mets-lui les menottes!

Le Polak n'était pas du genre ergoteur. Il savait juger les circonstances. En un instant, il se retrouva avec les poignets dans le dos, dûment entravé.

– Et maintenant? questionna-t-il.

– Conseil révolutionnaire! fit l'ex-garde du corps.

– Pauvre con! lui jeta Toutanski.

L'homme lui plaça un coup de crosse dans l'estomac. Le dictateur en voie de déposition, retint une plainte. La rage le rendait blême mais il n'avait pas peur.

– Vermine! fit-il.

C'est alors que le dénommé Jean Dupont qui jusque-là s'était abstenu de parler s'avança vers les deux cerbères. Il tenait une sorte de grenade à la main et la pressa. Un long jet partit dans la figure des félons. Son effet fut quasi immédiat: les « gardes rapprochés » eurent des mimiques convulsées et s'écroulèrent. Dupont cueillit la clé des menottes tombée à terre et libéra le dictateur. Après quoi, il s'approcha de la fenêtre et coula un regard prudent à l'extérieur. Il vit quelques groupes de soldats qui palabraient aux abords de la villa. Leur stérile fusillade les avait davantage embarrassés qu'excités. Ces individus redoutaient le mal sévissant dans leurs rangs et ne savaient trop de quel côté chercher le salut.

– Il existe une autre issue? demanda-t-il au maître (très provisoire) des lieux. Vous n'êtes pas le genre de renard à n'avoir qu'un trou à son terrier.

Toutanski opina. En homme d'action sachant appréhender avec exactitude les pires circonstances, il jouait sans hésiter la carte Dupont, mettant provisoirement de côté les suspicions qu'elle faisait naître en lui.

– Elle existe, convint-il.

– Où donne-t-elle ?

Il récita :

– Un souterrain part de la cave et va déboucher derrière les garages.

Le mercenaire tira d'une poche un minuscule talkie-walkie qu'il actionna. Après quelques essais infructueux, une voix s'annonça :

– Saint-Simon.

– Nous allons dégager par une issue proche des garages ; il n'y a plus une minute à perdre.

– Bien reçu !

Le dénommé Dupont rempocha son appareil.

– On va risquer le coup ! décida-t-il. Si vous avez quelque chose à prendre, faites vite, à condition que ce ne soit pas encombrant.

Le « libérateur » de l'île lui sourit :

– Je n'ai rien d'autre à emmener que moi-même.

4

Ce système secret d'évacuation était des plus
simples. Une porte de fer à la cave, sur laquelle on
avait tracé au pochoir « Électricité-Danger ». Un
souterrain long d'une centaine de mètres. Une
fosse à vidange près des garages... Au fond
d'icelle, une autre porte métallique ornée du
fameux éclair indiquant que de la haute tension se
promenait dans le secteur, et l'on émergeait dans
une zone pelée où s'aventuraient des carnassiers
sauvages en quête d'un chat ou d'un poulet.

Lorsque les deux hommes débouchèrent, ils
aperçurent un 4 × 4 bâché, d'aspect militaire. Le
Noir se tenait au volant, flanqué de Gargantua. En
découvrant les fugitifs, le *colored* sauta de son
siège et contourna le véhicule pour abaisser la
ridelle. Jean Dupont fit signe au Polonais de grimper, et l'ex-homme fort obtempéra sans hésitation ; lui-même en fit autant. Le panneau fut
remonté, la toile descendue et le 4 × 4 partit en
cahotant à travers la lande.

Plusieurs armes gisaient sur le plancher : des

mitraillettes pour la plupart. Dupont les désigna au tyran en fuite.

— Nous n'aurons pas d'autres sauf-conduits si des gens trop zélés veulent nous intercepter.

Toutanski donnait l'impression de ne pas avoir entendu. Il restait sur le qui-vive.

Le 4 × 4 décrivit un vaste arc de cercle, puis se dirigea vers la côte par une sente ravinée. Les armes entrechoquées produisaient un bruit de ferraille. Dupont et son compagnon se heurtaient à tout bout de champ car ils avaient grand mal à maintenir leur équilibre.

— J'ai l'impression que mes camarades ont trouvé une solution concernant votre évacuation, fit le baroudeur.

L'autre s'abstint de tout commentaire. En l'observant du coin de l'œil, le pseudo-Dupont songea à un boa constrictor qui semble somnoler alors qu'il épie sa proie avec acuité. Il devait s'attendre à tout de la part de son « protégé ». En cet instant crucial, l'aventurier dressait un plan. Ce n'était pas le genre d'homme à subir les événements avec passivité. Même démuni, même réduit à l'impuissance, il lui restait des ressources.

Le véhicule bringuebala une vingtaine de minutes encore, puis stoppa un court moment avant d'entreprendre une manœuvre délicate.

Gargantua surgit et dégagea bâche et panneau.

— Si ces m'sieurs-dames voudreraient descende d' carrosse, proposa-t-il.

— Après vous, Excellence ! dit Jean Dupont.

Son compagnon de voyage se dressa et s'approcha de l'ouverture. Il vit une anse de sable d'or entourée de rochers aux formes tourmentées. Il connaissait l'endroit qu'on appelait « La Crique aux Oiseaux » parce qu'il constituait une véritable réserve ornithologique. A cause des nombreuses espèces qui avaient élu domicile en ce lieu sauvage, il était impossible à quiconque d'y séjourner car, tout comme dans le fameux film d'Hitchcock, les vertébrés tétrapodes piquaient parfois des crises de fureur en présence d'humains et leur fonçaient dessus, becs et ongles sortis. La légende affirmait que ces irascibles bestioles avaient aveuglé un pêcheur, quelques années auparavant, et mutilé un enfant auquel elles avaient arraché les joues et la bouche. Une telle réputation assurait la parfaite solitude de cette plage.

Une sorte de vaste grotte s'ouvrait, servant de refuge à la gent ailée. C'est dans cette affreuse caverne que le conducteur venait de planquer le 4 × 4 ; il allait falloir beaucoup de temps et de hasards pour qu'il y soit repéré.

Sitôt que les passagers furent sortis du véhicule, un nuage criard s'abattit sur eux. Les quatre hommes s'en protégèrent tant bien que mal en se groupant et en tendant une toile au-dessus de leurs têtes. Mais les cris, les stridences des hôtes de la côte emplissaient leurs crânes d'une clameur insoutenable.

A quatre cents mètres du rivage (soit deux encablures), un superbe yacht se trouvait au mouillage, qui battait pavillon italien. Un gros Zodiac dodu, équipé d'un moteur Evinrude venait de quitter le bord et fonçait en direction de l'anse où se tenaient Toutanski et ses miliciens.

– Je croyais que vous vouliez me faire quitter l'île par avion ? ironisa le dictateur en cavale.

– Mes compagnons m'ont prévenu qu'un autre mode de fuite s'offrait, répondit Dupont Jean sans s'émouvoir.

– Et le yachtman à qui appartient ce beau bateau est d'accord pour nous embarquer ?

– J'ai cru comprendre qu'il n'était pas à bord et aurait regagné l'Europe par la voie des airs.

Ils cessèrent de parler car le pilote coupait les gaz et venait s'échouer sur la plage. Les deux hommes avaient le plus grand mal à se protéger des oiseaux qui, déjà, les assaillaient en émettant des couinements sinistres.

– *Avanti* ! lança un marin.

Ils s'avancèrent, pataugeant dans l'écume grise ourlant la plage. Le matelot repoussa le canot pneumatique en direction du flot et fit signe aux fuyards d'embarquer. Le nommé Gargantua eut de la peine à se hisser. On dut l'aider. Pendant l'opération, son pantalon se fendit et son énorme cul aux poils drus et frisés apparut en majesté.

A mesure qu'ils s'éloignaient de la rive, les rapaces devenaient moins belliqueux, beaucoup retournaient à l'île. Ils avaient à peu près tous lâché prise quand le Zodiac accosta au bâtiment.

Les mercenaires et leur chef gravirent l'échelle

de coupée et prirent place à bord. Le yacht s'appelait le *Doge Noir* et étalait un luxe raffiné. Son
propriétaire devait brasser de grosses affaires pour
se permettre un tel navire de plaisance.

Le commandant les accueillit d'un air maus-
sade. Il les salua d'un bref geste de la main.

– Angelo Arrighi, se présenta-t-il ; on va vous
conduire à vos cabines.

Il n'attendit pas que les arrivants se présen-
tassent et tourna les talons.

Ils durent se partager deux cabines à doubles
couchettes. Sydney Poitier et Gargantua en
occupèrent une tandis que l'ex-dictateur s'installa
dans la seconde avec Dupont.

– J'espère que cette promiscuité ne vous sera
pas trop pénible, fit ce dernier. Un homme
d'action de votre trempe doit se plier à ce genre de
cohabitation. Je m'efforcerai de vous la rendre
aussi légère que possible.

Il existait deux petits fauteuils dans la partie
salon, ainsi qu'une table ronde fixée au plancher.
Le Polonais en prit un et s'y laissa tomber d'un air
las. Il devait trouver que son destin se mettait à
emprunter tout à coup des itinéraires imprévus.

Quelques gravures anciennes représentant des
bateaux du siècle passé ornaient les murs. Une
vive clarté entrait par un hublot de fort diamètre.

Le dictateur en cavale rejeta la tête en arrière et
se mit à admirer la marqueterie du plafond en bois
des îles.

On frappa à la porte. Un serveur habillé d'un spencer blanc, pantalon noir, nœud papillon, entra, portant un plateau.

— Puis-je proposer des rafraîchissements à ces messieurs ? questionna-t-il avec un délicieux accent napolitain.

— Volontiers, fit le Polak. Pour moi, ce sera une vodka aux herbes avec beaucoup de glace.

— Et moi, un Bloody Mary, compléta Jean Dupont.

Le barman s'activa avec dextérité. Bientôt les breuvages demandés, servis d'abondance, furent à la disposition des passagers. Ils attendirent le départ du serveur avant de s'emparer de leurs boissons.

Le mercenaire porta un toast à son compagnon :

— Je lève mon verre à la réussite de vos projets, Excellence.

Nautik Toutanski l'imita :

— Pour ma part, je me contenterai de boire à votre santé, monsieur San-Antonio.

DEUXIÈME PARTIE

5

Y a des niaques qui prétendent « en rester comme deux ronds de flan » pour dire qu'ils sont sidérés. Drôle d'expression dont je ne vois pas très bien l'origine. Toujours est-il que, oui, j'avoue : me voilà comme deux ronds de flan. Ainsi, le Polonais savait qui j'étais ? Et ma pomme qui s'entourait de tant de précautions pour parvenir jusqu'à ce gus !

Mon air duglancon lui arrache un brin de sourire pour bourreau souffrant de la vésicule biliaire.

— J'avoue avoir du mal à comprendre, avoué-je-t-il.

— Vos deux compagnons se nomment respectivement : Alexandre-Benoît Bérurier et Jérémie Blanc. Vous constituez à vous trois une espèce d'élite policière vouée aux cas les plus délicats.

— Merci de cette appréciation élogieuse, monsieur Toutanski. Seriez-vous assez généreux pour étancher ma curiosité ?

— Naturellement. D'ailleurs l'affaire est simple : je ne recrute jamais un homme sans voir

préalablement sa photographie. Certes les vôtres
étaient quelque peu retouchées, insuffisamment
néanmoins puisque je vous ai reconnus.

– Et vous nous avez engagés malgré tout?

– Vous constituiez ma seule planche de salut :
je n'étais pas de force à tenir tête longtemps au
sultan Mormoilebrac. Ce salaud, oublieux des services éminents que je lui ai rendus, n'a qu'une
idée en tête : me capturer pour me faire subir des
supplices délicats avant de m'éliminer. Et fuir, il
n'y fallait pas songer, des gens à lui contrôlent
l'aéroport. Non, vraiment, c'est la Providence qui
vous envoie. Vous savez comment il s'y prenait
pour décimer mes hommes malgré notre vigilance,
l'eau analysée et tout?

– Des pastilles empoisonnées dans le pommeau
des douches. A l'arrivée, la flotte était saine, mais
elle cessait de l'être en arrosant les gars. Vous en
avez réchappé car vous ne preniez que des bains.

Il s'octroie une gorgée de vodka capable de
neutraliser une épidémie de peste bubonique.

– Voyez-vous, ajoute cet être d'exception,
toute ma vie j'ai bénéficié de l'assistance divine,
ce qui m'a permis de sortir des pires dangers. Ma
sainte mère affirmait que je suis né coiffé, vous
comprenez ce que cela signifie?

– Tout à fait. Ne prétend-on pas que Napoléon
l'était?

Nous restons un moment sans échanger de pensées susceptibles de mettre en cause le destin de
l'humanité.

– Naturellement, murmure l'ancien tyran, reste la question subsidiaire : que comptez-vous faire de moi ?

– Un dictateur en retraite, le plus vite possible.

– Ce louable projet est subordonné à quoi ?

– Devinez !

– Je ne vois pas, assure Nautik Toutanski.

– Parce que vous n'avez pas encore abordé le problème à tête reposée, rétorqué-je avec une paisibilité qui flanquerait la jaunisse à un Indien comanche et la rougeole à un Chinois.

– Vous parlez par énigmes ! riposte le Polak d'un air mauvais.

Je le visionne au fin fond de ses prunelles cancrelates. Lui décoche une mimique méprisante, puis me lève pour aller frapper du poing à la cloison séparant notre cabine de celle des mes honorés collaborateurs. Illico, Bibendum et Blanche-Neige se pointent (d'asperges).

– Le moment est venu de procéder à l'installation de Son Excellence, leur dis-je.

M. Blanc ressort et réapparaît presque tout de suite, nanti d'une mallette métallique qu'il dépose près d'un anneau rivé dans le plancher. Agenouillé devant ladite, il en extrait du matériel qu'il se met à répertorier en grande conscience. Il sélectionne quelques outils et s'approchant de Toutanski, lui déclare :

– Nous allons rebrousser les siècles, Excellence, et revenir à l'époque des galères. J'ai pour mission de vous mettre des fers aux chevilles ;

vous le verrez, ceux-ci sont garnis de cuir afin de ne pas vous blesser. Veuillez vous déchausser.

Le Polonais ne bronche pas. Une intense surprise déforme ses traits. Je suis prêt à te parier le salut de César contre la bicyclette à Jules, qu'il commence à se poser des questions engendreuses de méditations moroses.

Agacé par son immobilité, Béru, qui se trouve à sa portée, lui vote un bourre-pif mettant à mal sa cloison nasale.

— On t'a dit d' poser tes pompes, Ducon ! Faut quoive pou' qu' tu comprendes ?

Le prisonnier (autant appeler les gens par leur nom) demeure impavide. Ce que constatant, l'Obèse lui arrache ses groles des pinceaux, sans les délacer.

Quelques minutes plus tard, le ci-devant maître de l'île est assujetti à la condition du Masque de Fer, à cela près qu'il nc porte pas de masque.

— Êtes-vous sûrs de toujours appartenir à la Police française ? me demande-t-il. J'ignorais qu'elle usât de pareils moyens.

— Ça dépend des clients, rétorque Bérurier. D'alieurs on est en vacances.

Toutanski prend le parti de l'oublier. Se tournant vers moi, il questionne :

— Vous pouvez me résumer la situation, San-Antonio ?

— Elle est des plus simples : vous resterez ici jusqu'à ce que vous preniez la décision de parler.

— Pour dire quoi ?

– Ce que j'ai besoin d'entendre.

– Je n'ai rigoureusement rien à dire ; nous perdons tous notre temps.

– J'attendrai vos confidences.

– Je n'en ai pas à faire.

– Aujourd'hui peut-être. Mais demain ? Mais dans huit ou quinze jours ? Mais dans six mois ? Mais dans un an ? Notre patience est sans limites, sachez-le bien.

– Ce bateau sera rouillé et vermoulu avant que je vous déclare quoi que ce soit puisque je n'ai rien à vous confier.

– Nous vous trouverons alors une autre retraite.

Ma voix est unie, ferme. Mon regard tranquille ne lâche pas le sien et j'y vois nettement la profonde haine que je lui inspire.

– Singulière situation, fait-il paisiblement.

Il quitte sa chaise pour aller s'allonger sur sa couchette. Sa chaîne le lui permet. Elle est étudiée pour.

6

Le commandant Arrighi est un hôte discret.
Aucune allusion à notre pensionnaire. Le repas de
midi nous est servi sur le pont, celui du soir au
salon. Chaque fois, il vient trinquer avec nous,
parle de notre navigation, du temps qu'il fait, de
celui qui est prévu. Ensuite il se retire, soit pour
gagner le poste de pilotage, soit pour s'enfermer
dans sa cabine. Ce mec-là doit avoir un hobby,
voire un vice, car il est avare de ses heures de
liberté. Pourtant, il ne paraît pas dépendant d'une
tare, telle que la drogue ou l'alcool. On le sent
parfaitement maître de soi.

Je me risque à demander ce que va être notre
itinéraire. Il m'affranchit sans la moindre réti-
cence : traversée de l'océan Indien, remontée de la
mer Rouge, Suez, la Méditerranée, pour rallier en
fin de compte Genova, son port d'attache. Durée
prévue ? Trente-quatre jours. Il ajoute pudiquement qu'il nous débarquera « tous » avant l'arrivée dans un lieu qu'il ignore et qui lui sera
communiqué en temps utile.

Je savais cela dans les grandes lignes, mais il est bien d'en avoir la confirmation.

Donc, une étrange croisière démarre. Mission tellement surprenante que même en fouillant à mort dans mes souvenirs et la vaste poche kangourou de mon slip, je ne trouve pas trace d'un bigntz similaire.

Le yacht jauge j'ignore combien de tonneaux et, pour dire le fond de ma pensée, je m'en tirlipote la membrane jusqu'à ce qu'elle me pende jusqu'aux genoux. L'équipage se compose d'une dizaine d'hommes, auxquels il convient d'ajouter un personnel de cabine de six éléments, cuisinier et larbins compris.

Le temps clément incite au farniente. Alors : bains de soleil, parties de ping-pong, cocktails variés. Bérurier picole comme un puits artésien. Sa biture est acquise dès midi et ne fait que croître (sans embellir) jusqu'à l'extinction des feux. M. Blanc, pour sa part, met à profit ces vacances imposées afin d'apprendre l'italien ; c'est le second du bord qui lui donne des cours et le Noir-broc accomplit des progrès forcenés. Ce gazier est surdoué de partout ; non seulement il bénéficie d'une chopine de zèbre, mais il est perméable au savoir et serait capable de mémoriser l'annuaire téléphonique de New York s'il le fallait.

Quand le mahomet me cigogne par trop la rotonde, je vais dans notre cabine écrire quelques feuillets d'un *book* de souvenirs que j'espère publier un jour. Une sorte de « livre-vérité » où je

fous ce que je n'ai jamais raconté : ma vie réelle
en marge du boulot. Il fera chier tout le monde,
sauf Félicie qui en sera le personnage pivot. Je
nous raconterai en grande sincérité. Cet étrange
couple de tendresse que nous formons depuis la
décarrade de p'pa dans les azurs. L'île heureuse
qu'elle constitue pour moi, m'man. Ce lac de
pureté dans lequel je baigne. Elle est ma rédemp-
tion, Féloche. A son contact tout fardeau quitte
mes épaules, écrirait la duchesse de Paris (que je
viens de promouvoir à la seconde). Cet éden mystérieux, je dois le raconter une bonne fois pour
toutes. Qu'ait pas d'équivoque, de malentendu.
Histoire d'une espèce d'aventurier de la Police
dont une partie est restée à tout jamais « petit garçon ». Expliquer la façon dont ça fonctionne, un
personnage de cet acabit. Comment il se fait que
cet être sensible que je suis certain d'être, se mue
en bagarreur indomptable.

Le Polak, assis dans son fauteuil, fers aux
pattes, me regarde noircir du faf. On ne se cause
pratiquement pas. Jamais je n'aborde le sujet qui
nous a réunis. Ma tactique est établie une fois pour
toutes. C'EST LUI QUI PARLERA DE SON
PLEIN GRÉ LORSQUE LA SITUATION LUI
DEVIENDRA INSUPPORTABLE.

Il prend les repas qu'on lui sert. Biberonne
force vodka, peut utiliser la salle d'eau dont j'ai
fait retirer la porte. Notre espace vital pue un
peu, mais on s'y accoutume. D'ailleurs, le barlu,

ultra-moderne, est équipé d'un système de ventilation perfectionné.

Toutanski demande d'un ton distrait :

– Vous rédigez vos mémoires ?

– Quelque chose comme ça, dis-je ; je redoute le mentisme.

Il doit ignorer ce terme un peu savant et cesse de me questionner.

Je gage que mon presque mutisme lui pèse. Une claustration prolongée, quand elle est dépourvue de contacts humains, devient rapidement insoutenable.

Ce sont mes deux compagnons qui assurent son « service de cabine ». Ni l'un ni l'autre ne lui adresse la parole, ce qui pose problème à la grosse bavasse déconnante de Béru.

Lorsque j'ai achevé de me confier au papier, comme dirait cette vieille loche de mère Sévigné, je remise mes écrits dans un tiroir qui lui est inaccessible. Cela dit, il les lirait qu'il n'en retirerait pas la moindre indication quant à son futur. D'ailleurs, si un truc me semble mal emmanché, c'est bien l'avenir de ce mecton. Plus j'étudie son horoscope, plus je le devine irrémédiablement nuageux avec avis de tempête sur les rives de son destin. Ce que je sais de cet homme est suffisant pour me faire comprendre les motifs qui l'ont amené à guerroyer en île lointaine. L'univers était devenu trop étroit pour lui. L'ayant parfaitement saisi, qu'a fait ce louche spadassin ? Il a déniché un coin de la planète à conquérir avec des hommes d'armes prêts à tout. S'y est implanté. Vivant au sein de sa petite armée de mercenaires, il s'est cru sauvé, hors de toute atteinte. Et puis le destin madré (comme on dit puis dans mon Dauphiné natal) ne l'a pas entendu de cette oreille de sourd et lui a joué le vilain tour que tu sais. A présent, le voilà prisonnier, livré à ceux qui le traquent. Justice immanente !

On bouffe convenablement à bord, sauf que les pâtes ont la priorité. J'en raffole. Seulement quand tu t'en mets par-dessus les baffles, sans compenser par des exercices, la Maison Michelin t'offre des pneus à flanc blanc qui t'aident à flotter ! Ce qu'ayant parfaitement pigé, je décide de footinger. Entreprends cet exercice de noye, pas trop chiquer les attractions. Rien de plus glandoche qu'un mec en short et maillot de corps qui trémousse des noix en expulsant du gaz carbonique avec un bruit de dauphin saluant l'assistance.

Je démarre par tribord, vire à la proue, fonce sur bâbord jusqu'à la poupe, commak, nu-pieds sur le parquet bien lisse. L'air est chargé de senteurs marines, bien sûr, tu penses que ça ne renifle pas la forêt landaise. J'opère un tour, puis un second, essayant de compter mes foulées pour procéder à une estimance de la distance parcourue.

J'attaque mon second kilomètre lorsque j'aperçois quelque chose d'insolite, en surévélation : une forme blanche. Je sors les aérofreins et m'arrête, découvre alors une femme que je n'avais

jamais vue à bord du *Doge Noir*. Elle donne carré-
ment dans le superbe. Assez grande, très brune,
cheveux longs lui recouvrant les épaules. Elle
porte une robe de chambre en soie crème. Un
serre-tête d'écaille maintient son opulente chevelure avec laquelle joue la brise.

— Bonsoir! fais-je-t-il, sans celer ma sidérance.
Elle répond :

— *Buona sera*!

D'un ton tellement mélodieux que c'est du miel
qui me coule dans les engourdes.

Haletant, suant, frémissant, adverbant de toutes
parts, je m'approche. La très belle Vénus de la
notte est placée deux mètres au-dessus de moi, sur
un petit palier extérieur.

— Je n'ai pas encore eu le plaisir de vous rencontrer, *signora*.

— Parce que je reste confinée dans ma cabine,
m'explique-t-elle dans la langue de Marco Polo.

— Seriez-vous souffrante? m'alarmé-je-t-il en
usant du même dialecte.

— Du tout; seulement je suis l'unique femme
du bord et le commandant tient à ce que je ne me
montre pas.

— Ne serait-il pas rétrograde?

— Beaucoup d'époux ont tendance à l'être, surtout dans la Péninsule.

— Si bien qu'il vous séquestre?

— Le mot est excessif; disons qu'il me
contraint à la discrétion...

— Il est sur la dunette, présentement?

– Trois heures encore : j'en profite pour m'aérer.

Comme elle tient la tête penchée, j'ai la découpe de son profil dans l'obscurité. Et c'est sincèrement de toute beauté.

– Vous naviguez souvent avec lui ?

– Toujours. C'est compris dans les clauses de son contrat.

– Vous n'avez pas d'enfants ?

– Il n'en veut pas, prétend que cela nuirait à notre union.

– Vous le pensez également ?

– Je crois que si j'étais en charge d'un bébé je ne pourrais plus l'accompagner.

– Je peux vous demander votre nom ?

– Pia.

Impossible de faire plus bref.

A cet instant, la lune se dégage d'un gros nuage tentaculaire et file un coup de projo sur cette petite grand-mère. Et comme elle est bien inspirée ; je voudrais que vous vissiez le tableautin ! C'est tout bon, rien à jeter ! Quelle grâce ! Quelle harmonie ! De quoi se faire déterger le panais à l'acide chlorhydrique. De grands yeux noirs dont l'éclat intense vous farfouille le devant du slip. Ils sont « ombragés » de longs cils recourbés. « Ombragés », n'oublie surtout pas, c'est incontournable en littérature glandulante. T'écris un polar où l'héroïne n'a pas les yeux « ombragés » de longs cils, tu te plantes. On te catalogue illico lavedu de la plume.

Mieux encore que tout le reste, ce qu'elle a d'ensorceleur, c'est son parfum. Si suave, si délicat. Tu mets quelques secondes à le déceler. Une fois que c'est fait, il t'investit à la sournoise ; te capte, enchante, transporte. Tu mollis du cœur et durcis du chinois. Un plaisir capiteux t'empare. Ce qui me tartine les noix, par contre, c'est de me trouver au-dessous d'elle.

– Vous permettez, je croate (ou croasse).

Sans attendre, je gravis les degrés de fer pour me hisser sur sa petite plate-forme. Une fois arrivé, ne puis m'incliner, on se toquerait du bocal. Son souffle me pavane les muqueuses.

– Seigneur, balbutié-je, vous valez les marches que je viens de monter. J'ai l'impression de voir une femme pour la première fois.

Aucune réaction.

Elle m'empare du regard. Me fait la connaissance ! Dans son sac à bourses déliées, Mister Braquedu se met à jouer l'intéressant.

Et puis il y a la mer frangée d'écume sous la lune, tu comprends ? Le dodelinement du yacht qui joue à nous rapprocher.

Ce dont.

Plus rien à se dire.

Juste à se bouffer la gueule.

Ce dont.

Vu ?

7

La vie ne serait rien sans les rencontres...

Il y a les bonnes, et les mauvaises.

Les bonnes sont si rares que ça ne vaut pas la peine d'en parler; d'autant qu'elles finissent par devenir mauvaises. Quel amour, quelle amitié résistent au temps? A la longue, je me suis aperçu que les mauvaises étaient préférables : on s'y retrouve mieux. Tu finis par t'organiser avec la merderie quand t'as pigé qu'elle est fertilisante. Les gentillesses t'amollissent, alors que les coups bas te blindent. A force d'en dérouiller, tu acquiers une bonne ceinture abdominale, kif celle de mon condisciple Dutoit, jadis. Son bonheur c'était qu'on lui place des taquets dans le burlingue. « Cogne plus fort ! » il suppliait. Je frappais, en retenant malgré tout. Il possédait un ventre dur, ayant, depuis l'enfance, travaillé ses abdominaux. Marrant, comme les plaisirs des gens sont électiques. T'en as qui se font lécher sous les couilles, d'autres qui portent des cilices ; et ils vivent cependant des existences à peu près identiques.

Ce à quoi je médite dans ma cabine, ne pouvant y trouver le sommeil.

Le Polak ronfle de façon désagréable. Un bruit rageur, je dirais même « dangereux » ; cela évoque le grognement d'un animal sauvage, hautement nuisible. En l'écoutant je réfléchis très intensément à propos de ce type. Je me dis qu'il est un fauve sanguinaire et rusé. Qu'un être de sa trempe ne saurait s'avouer vaincu. Parce que ça lui est impossible. Réduit, enchaîné, il doit fatalement ourdir des plans.

Je me lève et, à la lumière de ma petite lampe-stylo, vais examiner ses entraves, des fois qu'il aurait entrepris de les bricoler en loucedé ; mais non : tout semble conforme.

Je décide que, dès le lendemain, je passerai à la phase *number two* de mon plan.

Chaque morninge, M. Blanc vient toquer à ma porte pour me signifier que le petit dèje est servi. Nous le prenons tous trois dans leur cabine, malgré les remugles ménageresques laissés par le Gravos. Ses noyes, à Césarin, c'est pas celles de Valpurgis, mais de Va-te-purger ! Aux aurores, sa piaule est à court de chlorophylle. Et les hublots qui s'ouvrent pas, tu mords ?

Il a remplacé le caoua par une boutanche de blanc.

On cause. Il déclare sans jambages qu'il se

plume à bord. Certes, on y écluse à satiété, mais ça manque trop de bistrots, décidément. S'il faut encore passer des décades dans cette ambiance, sans gonzesses à tirer, sans choucroutes alsacos à bouffer, sans enquêtes à tambourbattre, il change de turbin au retour, l'artiste, s'engage dans la Légion ou se fait con-voyeur de fonds. Il se réveille avec un chibroque qui ferait peur à une jument poulinière ! Il a beau se le passer à l'eau froide en évoquant l'enterrement de sa mère ou la frime à Juppé, l'objet continue de chiquer les mâts de Gascogne.

Et le temps qui coule à vide, dites ? Vous y pensez-t-il au temps qui coule à vide ? Qu'y a même pas la téloche pour se changer les pensées moroses ! Il est tricard de Bruno Masure, Philippe Gildas, Poivre d'Arvor. S'il nous disait qu'il raffole les émissions du gentil Jacques Pradel, si consterné de tout c' qu'arrive à ses protégés et qui fait du slalom entres les jeunes filles étranglées, les garçons enculés, les grand-mères détroussées, les jumeaux séparés à la naissance se retrouvant soixante ans plus tard dans une pissotière de gare où ils se sont reconnus à leurs bites fourchues. Des tranches de vit, tout ça ! Et William Leymergie, dites, vous vous en passez facilement, vous autres au matin, si tonique, le grand, avec ses ratiches du bonheur écartées comme celles d'un râteau à foin ? Et m'sieur Guy Roux, du fote ? Qu'a toujours l'air d'avoir échangé trois vaches laitières contre un joueur de première division pas trop panard.

C't' un monde, la téloche : on y prend goût. Bon, ils te nous cloquent les soirées à la con, faut admettre, telles que la remise des Molière et des César, dont au cours desquelles on fait passer trois ou quatre gaziers pour des loches après en avoir élu un autre meilleur comédien de l'année ! La distribution des prix, façon maternelle d'autrefois ! Faut-il avoir des betteraves dans le cigare, bordel à cul, pour rentrer dans un jeu pareil ! S'en foutre la gueule en l'air dans sa belle robe des dimanches, kif une perruche de la dernière couvée, venir pomper l'air des télé-spectres-hâbleurs avec ces mômeries, gonzesseries, bredouilleries de branleurs honorés de leur bout de ferraille à s'en pisser parmi comme disent mes bons Helvétiens.

Des mômes, qu'il nous garantit, l'Hénorme. Troudeballerie et consorts ; et consœurs ! M'as-tu-vu-dans-mes-beaux-atours ? Seigneur, qu'ils sont admirablement cons, les cons. Poils de chatte emperlés de rosée ! Larmichette à l'œil. La grande hydratation, urbi et hors bite ! Et le pire : les vioques qui se rappellent même plus leur méno et te nous font un salut « petite fille modèle », malgré leur arthrite !

Mais ça va finir quand est-ce, ces niaiseries ? Je demande. Y en a pas un qui va se sentir gêné un jour, bordel ! D'autant que j'y aperçois des gars de valeur dans cette Kermesse Chatte-folle. Malgré tout, ils ont suivi toute la panurgerie panurgeante, faire plaisir à m'sieur Cravenne, qui vend depuis si longtemps ce salmigondis de gloire à la criée dans un enjalousement général. Qu'un jour je vais débarquer en loucedé : Molière de la plus belle queue ! Et de dégainer mon goume sur la scène, montrer ce qu' c'est qu'un vrai paf, bien incontestable. Y ferai faire mimi par les dames nominées vobiscum et déflaquerai dans le décolleté de l'élue : récompense suprême !

Tiens, on va créer le « Béru d'or », histoire de distinguer les gerces qui savent le mieux grimper aux asperges. Y aura le Béru de la meilleur pipe, çui de la meilleure tringleuse, le prix pour la reine de l'œil de bronze, celui de la celle qui réussit le mieux feuille de rose ou l'enjamb'ment duc d'Aumale. V's' imaginez l' succès ? La couvrante de *Paris-Match* assurée. Av'c un reportage d'Antoine de Caunes. Je vois ça d'ici, tout bien. On f'ra un malheur, les mecs. En lever de programme : Jérémie Blanc qu'en a une pas triste, comme tous les Noirpiots, exécuterait une levrette langoureuse n'en compagnie d'une blonde platinée pour faire écouter la différence. Sur une valse de Vienne vach'ment sirop d'érable. On mettrait des z'housses en plastique aux fauteuils, bicause le public va s'écrémer de première, un spectacle aussi hard !

Voilà, en substance, ce qu'il nous expose, le Chérubin.

— Sana, sitôt qu'on s'ra de retour à Pantruche, tu t'occuperas d' ce projet, j' sens qu'il est rentable, conclut-il.

— Et comment ! le rassuré-je.

Ça le satisfait... Il dégoupille une seconde boutanche de chablis.

Je dis :

— Les gars, c'est ce matin qu'on l'entreprend à la sérieuse, notre Polak.

— Quel traitement préconises-tu ? s'informe Blanche-Neige.

— On va faire classique : sérum de vérité.

Le Mammouth branle tu sais qui ? Le chef !

— Avec un cosaque comme ce julot, tu peux t' gratter les aumônières ! Depuis qu' j' l'observe, j'ai pigé son caractère : du béton armé ! Ni les drogues, ni les gnons l' feront jacter. C'est un des plus coriaces parmi les coriaces qu'on a eu affaire.

— L'humain le mieux trempé a des limites, réponds-je.

Mais cette affirmation sentencieuse n'a pas l'heur de le convaincre...

Le délicieux Vendredi risque, au bout d'une période réflexive :

— J'ai une proposition à vous faire...

— Nous t'écoutons avec l'attention de la Pucelle d'Orléans captant les messages de l'archange Machin.

— Je crois qu'à ce type résistant nous devons appliquer un régime qui le soit aussi.

— Lequel ?

— Chez nous, dans mon coin d'Afrique, quand on voulait recueillir les aveux d'un voleur, des hommes se relayaient nuit et jour pour battre le tam-tam dans ses oreilles jusqu'à ce qu'il demande grâce, car ça rend dingue.

– T'as un tam-tam ? demande Sa Bérurerie béruriante ?

– Non, mais nous disposons d'un cassetto-phone. On va lui lier les mains dans le dos pour qu'il ne puisse pas s'obstruer les oreilles et lui mettre à bout portant un enregistrement des Rol-ling Stones sur la puissance maximale. Monté sur boucle. Au bout de quelques heures de ce traite-ment, notre client sera sans doute mieux disposé.

Ainsi est fait. Toutanski se laisse manipuler en grande passivité. Sachant qu'il est superflu de regimber, il subit son impuissance avec résigna-tion. On lui branche la zizique et on va baguenau-der au soleil après avoir fermé sa lourde à clé.

Le *Doge Noir* fend le flot d'un bleu drapeau qui en dit long sur les profondeurs de l'océan Indien. On regarde d'étranges poissons volants jaillir de la flotte dans un fabuleux miroitement argenté et s'y engloutir superbement.

La musique qui dévide à fond la caisse nous parvient, encore très présente.

– Vous parlez d'une infusion de jézabels qu'il s'offre dans les cliquettes ! ricane Apocalypse Man. Ses tartines de Miel doivent y saigner !

Nous nous éloignons quelque peu afin de ména-ger les nôtres.

En passant devant le praticable où, la nuit pré-cédente, j'ai eu le rare privilège de parler à l'égé-rie secrète du commandant, avec les lèvres, les doigts et mon piston télescopique, je lève des yeux extrêmement concupiscents en direction de sa cabine. J'avise la tache pâle d'un visage à travers l'épaisse vitre et je brandis un doux sourire capable de faire mouiller Mme Thatcher en plein Sahara.

Allongé sur un transat, la frite tendue au soleil puissant en vue d'une bronzette chargée d'accentuer ma séduction, je gamberge à la situation.

Un brin de mélancolie se glisse dans mon âme, comme disait un éboueur turc de mes amis. Je pense au Polonais dont je martyrise les portugaises en ce moment. Je ne le connaissais pas, ce gazier. Nous étions deux enfants du bon Dieu, lui et moi ; qu'avions-nous à foutre l'un de l'autre ? Et puis les hasards de la vie, les « circonstances »...

— Si j'avais su, murmuré-je.

M. Blanc a perçu mes paroles.

— Si tu avais su quoi ? demande-t-il.

— Je serais devenu tondeur de chiens ou désinfecteur de dentiers, au lieu de flic, ce métier qui poisse de partout, n'importe le bout par lequel tu l'attrapes.

— C'est la navigation au long cours qui te rend désabusé ?

— Probable : j'aime pas la mer. Trop monotone. De temps à autre elle pique une tempête pour se rappeler à notre bon souvenir, auquel cas elle nous fait réellement gerber. Une vague succède à l'autre ; un nuage dérive. Comment fait-il mon pote Kersauson, pour se colleter des semaines et des mois avec les éléments ? Faut-il qu'il en ait marre des gens ! Moi aussi, note bien, mais je préfère m'isoler dans les champs et les montagnes.

Un vent qui ne vient pas du large, mais de l'énorme jean de compère Béru me distrait de mes divagances. Autant qu'il loufe au milieu de l'océan, le sagouin : les conséquences s'y dissipent mieux que dans une cabine téléphonique.

Il se lève en marmonnant :

— Faut qu' j'y alle, quoi !

Il ajoute en s'arrachant difficultueusement de son transat (il commence par s'agenouiller sur le pont, puis se redresse) :

— C'est kif un fruit, si vous l'aurez remarqué : quand c'est mûr, faut qu'y tomb' de l'arbre !

Il s'éloigne en embardant au gré de la houle.

Je ferme les châsses. Le mahomet se met à cigogner sec. Je me verrais bien sous notre tonnelle de Saint-Cloud, avec m'man qui amènerait un grand plateau chargé de crêpes au beurre fondu et une boutanche de bourgueil frais. Elle me ménage souvent ce genre de surprise, ma Féloche, quand il m'arrive de rester *at home*.

Au lieu de cela, ma viandasse dodeline sur le transat bercé par la mer.

Une grosse ombre s'interpose entre le soleil et moi.

C'est Graduc qui fait retour. J'avise sa trogne à l'envers : il a les carlingues démesurées.

— Les mecs ! bavoche-t-il : faudrait que vous vinssiez en D.H.L. !

Nous nous dressons, le *all-black* et ma pomme.

– Qu'arrive-t-il, Gros ? Notre barlu prend l'eau ?

Au lieu de répondre, cet être délicat dégrafe son jean et entreprend de déféquer sur le pont soleil.

– J' peux plus m' retiendre, lamente-t-il.

– Pas grave, répond flegmatiquement M. Blanc, du moment que tu as gardé ton calcif [1]...

---

1. Il est à noter que les ouvrages de San-Antonio deviennent de plus en plus scatologiques. Signe des temps ?

8

Notre curiosité démoniaque nous guide à nos cabines. Celle de Blanc et Béru est vide. Par contre, la mienne !...

Écoute, Fleur-de-Fesse, c'est tellement effarant que j'ose à peine te le dire. D'abord, sache que la musique continue de tonitruer à nous en lézarder les coquillages. Mais le spectacle ! Alors ça ! Alors là ! Je vais tout te dire puisque tu as payé pour ; mais franchement, ça vaut beaucoup plus que le prix de ce polar !

Deux nouvelles à t'apprendre.

Par laquelle commencer ?

Qu'est-ce que tu dis ? Par la première ? Gros malin ! Y a pas de première puisqu'elles sont ensemble ! Bon, je me lance...

Un vrai numéro de magie, digne des plus grands illusionnistes. Un homme est bien laguche, enchaîné ; seulement ce mec n'est plus Toutanski ! Non : c'est le commandant Arrighi.

Non content de s'offrir les fers du Polak, l'officier de marine nous propose une deuxième singularité : il est mort d'héberger la lame d'un couteau extrême-oriental dans sa poitrine. Sans être incollable en anatomie, je suis prêt à te parier un abonnement à *Maisons et Jardins* (en anglais *Houses and Gardens*) qu'il a morflé cette ferraille dans le muscle cardiaque.

Passablement sonné, je me tourne vers Jérémie. La stupeur nous réduit à un commun dénominateur, lui et moi : nous ne sommes plus l'un blanc et l'autre noir, mais du même gris souris.

— C'est une variante de « la malle mystérieuse », murmure-t-il sans presque remuer ses belles lèvres violettes.

Je dis :

— Ça fait combien de temps que j'ai quitté ma cabine ?

— Entre un quart d'heure et quinze minutes.

Il ajoute :

— Que fait-on dans ces cas-là ?

— Je l'ignore car c'est une affaire inédite qui va faire jurisprudence.

Le Pachyderme réapparaît, environné d'une formidable odeur de fosse d'aisance qui nous empêcherait de savourer une jaffe chez mon pote Paul Bocuse. Il a pris le parti d'ôter son bénoche, afin de sauver ce qui était sauvable, et il se déplace COMME UN BERGER LANDAIS SUR SES ÉCHASSES.

— Qu'est-ce vous pensez d' ça ? questionne-t-il aimablement, en montrant le corps.

— Tu pues ! grondé-je. Va prendre un bain et flanque tes hardes à la mer !

– Quouoia ? Jeter MON slip de voiliage ? T'es cinglé ! Il a à peine dix ans. J' l'avais ach'té pour l'enterrement de ma belle-mère !

Il se retire dans sa cabine dont il claque la lourde avec humeur.

Agenouillé près du mort, Blanc procède aux premières constatations.

– Il est encore chaud ! m'annonce-t-il.

Ce qui n'est pas fait pour me surprendre, vu le laps de temps réduit qui a marqué notre absence.

Continuant son examen, il déclare :

– Le commandant a été frappé avant d'être entravé. Regarde, son sang a coulé de la blessure de haut en bas, donc avant qu'il ne soit à l'horizontale.

Au lieu de commenter, je vais stopper la viorne. Le brusque silence est comme la sortie d'un bain brûlant. Des idées s'étalent dans nos méninges, telles des bouses de vache sur un chemin de terre, l'écrirait joliment Jean-Edern Hallier dans son ode à François Mitterrand.

– Quoi encore ? demande l'insatiable que je suis (un petit ramoneur dirait « que je suie »).

– On l'a probablement poignardé avant de l'allonger ; tu notes ces éclaboussures rouges sur la moquette ?

– Effectivement, mon vieux Sherlock. De ces éminentes remarques je déduis les choses suivantes : Arrighi est attiré par notre musique débridée. Il vient voir. Sa survenance coïncide avec le moment où le Polak est parvenu à se débarrasser de ses fers (ce qui nous vaut un sacré blâme, soit dit entre nous et l'obélisque de Louqsor). Il se penche sur notre prisonnier. Ce dernier qui détient un couteau, je ne sais encore par quel moyen, le lui plonge dans le cœur. Puis, s'étant défait de ses chaînes, il les fixe aux membres du pacha et disparaît.

— A moins qu'il ne se soit jeté à la mer, il n'a pu aller bien loin, note Jérémie. Or, je vois mal un homme s'évader pour, illico, se suicider !

— Conclusion, ce loup enragé est à bord ! laissé-je tomber sans le casser.

— Exact ! admet mon pote en négatif. Il ne va pas être trop compliqué de le retrouver.

Pendant cette réplique optimiste, j'étudie les liens du malheureux commandant de vaissele. Des éraflures sur les cadennes, dans la région de la fermeture, indiquent clairement que Toutanski les a savamment « bricolées » afin de pouvoir les ouvrir.

— Nous l'avons gravement sous-estimé, murmuré-je. Ce chacal enragé nous a fabriqués dans les grandes largeurs ! Retrouvons-le et il la sentira passer.

A l'instant où je m'apprête à sortir, la lourde s'ouvre avec violence. Et qu'avisé-je-t-il, à cinquante-deux centimètres de moi ? Le Polak ! mes bien chers frères ! Il tient une pièce de bois arrondie, genre batte de baise-bol à la main, prêt à la briser sur mon pariétal.

Mais c'est pas tout, attends, attends ! Il est

escorté de quatre matelots, eux aussi armés de gourdins hétéroclites. Et ces cinq personnages patibulent à t'en vider de diarrhée véhémente.

– Regardez ce qu'ils ont fait ! s'écrie l'ex-dictateur en montrant le cadavre.

Les matafs poussent une interjection semblable à un début d'effort dégueulatoire. Un truc dans le genre de « bouaheurg », si tu vois ce que je veuille dire ?

Et puis ça se déroule à toute vibure. Les hommes du *Doge Noir* se ruent sur nous en nous accablant de coups de massue. On morfle de partout à la fois : tête, thorax, testicules (nom masculin s'il en est !). J'entends sonner les goumis sur nos crânes, contusionner nos chères chairs, éclater notre pauvre physionomie. On essaie de se protéger de ses bras, mais ça trombe ! Ça cataracte ! Ça niagarase ! Un gnon mieux appliqué que les précédents m'ouvre la calebasse. Le raisin pisse de mon physique avenant qui tente tellement les peintres figuratifs et les producteurs de films en faillite.

J'essaie de faire front. Me débats. Je pars à dame, à Tonnerre, à bellum, à pluie, ailleurs. Ça ne stoppe pas pour autant les marins déchaînés. Sûr qu'ils vont nous lyncher, encouragés par cette ordure de Toutanski. Ils veulent notre peau. L'équipage du barlu, abusé par ce salopard, entend nous faire payer la mort de son commandant. C'est le massacre inexorable (qui vient de crier « de lièvre » ?). L'heure du lynch. Deux sachets de thé pour Blanc qui l'aime très fort. Je défaille pour de bon.

Seigneur ! Aie pitié de nos pauvres âmes. Elles valent ce qu'elles sont, mais nous n'en avons pas d'autres pour assurer notre salut éternel ! Dedieu ! Ce coup de goume que je chope sur l'arête de mon pif ! Oh ! merde ! J'en peux plus, moi ! J'atteins la case « arrivée ». Les requins de la mer Rouge peuvent s'affûter les crochets. Maman ! Au secours...

Un magma pourpre enveloppe ma tronche. J'ai du sang plein la clape. Ailleurs itou. Partout, quoi ! Sept litres, c'est beaucoup, si tu y réfléchis. Verse sept kils de picrate sur la moquette de ton salon et tu verras !

Le navire continue sa route dans un doux roulis berceur.

9

On peut pas croire ce que c'est charognard, les hommes, quand ils sont en groupe et assurés de l'impunité. Te vous dépècent un gazier avec les ongles, avec les dents au besoin. Vous bouffent le cœur, comme à ce pauvre Concini ou à la mère Galigaï son épouse, j'sais plus très bien. Peut-être aux deux, va-t'en savoir !

— Allez-y ! Allez-y ! exhorte cette vomissure nécrosée de Toutanski. Il faut les tuer ! Pas de quartier ! Pas de pitié !

J'ai une sursaillerie pour ne pas sombrer dans le blanc d'œuf qui tant ressemble à du foutre, mais n'a pas le même goût, comme assure un émissionneur tévé raffoleur de goualantes.

Une énergie confondante m'empare. Je gis contre le corps du commandant Arrighi ; ma main repte jusqu'au manche du poignard dont on l'a portemanté, je bande comme un Turc ma volonté, arrache l'arme du cadavre et la place perpendiculairement à ma poitrine juste à l'instant qu'un agresseur se jette sur ma pomme. Qui c'est qui l'a

in the fion ? Le gars s'en chope dix-huit centimètres linéaires dans l'estomac, ce qui lui arrache
une plainte évoquant le cri de l'otarie en gésine.
Dans le tumulte ambiant, nul ne lui prête attention.
D'ailleurs, on prête de moins en moins, à notre
époque décadente.

Dans l'échauffourée, son hurlement passe pour
celui du kamikaze à l'attaque.

– Tuez ! Tuez ! continue de hurler notre ci-
devant prisonnier. C'est de la vermine ! Ils
comptaient s'emparer du bateau !

Tu sais comme sont les minus ? Ils croient toujours celui qui gueule le plus fort. Deux sont en
train de faire un mauvais parti à Blanc. Le Polak
trépigne, hystéro en plein.

C'est alors que le combat change d'âme. Un
gorille au cul nu se précipite, venant de la cour-
sive.

– Y a du suif, là-d'dans ? tonitrue-t-il en mouli-
nant dans la cabine à l'aide d'un cendrier sur pied
dont la base est lestée de plomb pour assurer sa
stabilité.

Ça fait des bruits de chocs. Floc ! Bing ! Boum !
Et tchloc ! que j'allais oublier ! Instantanément,
tous nos adversaires sont étendus, pêle-mêle, sur
le sol. Ce qui donne un chouette amoncellement
de guignols.

– Y a vraiment pas mèche de dépaqueter
tranquille su' c' dragueur de mines ! renaude
Alexandre-Benoît. J'tais en train d' mespliquer
av'c une chiasse monumentable quand v'là
qu'éclate un bigntz pas possible.

Il s'interrompt, sidéré à la vue de Jérémie :

– C'est l' Noirpiot, qu' j'aperçoive là ?
Dedieu ! la rouste qu'il vient d' morfler ! Pour un
pneu, j' l' reconnaîtrerais pas ! T'as mordu sa gio-
graphie ? Il a une pastèque éclatée à la place de la
bouche ! Et son pif ! Déjà avant, il s' trimbalait un
bath éteignoir à cierges, mais à présent c'est
comme si qu'il aurait une tortue plaquée su' la fri-
mousse !

– C'est le plus coriace de tous les méchants
auxquels j'ai jamais eu affaire, Alexandre-Benoît !
Après avoir buté le commandant, il est allé
raconter aux matafs que nous étions ses meur-
triers !

L'Hénorme considère le Polonais étalé pour le
compte.

– Si j' m'écoutererais, j'irais le balancer à la
sauce, assure mon ami.

– Garde-t'en bien, Bébé-lune, ce serait la fin de
nos espoirs. Pour commencer, il convient de le
neutraliser VRAIMENT ! Ce loustic a dû faire des
numéros de magie dans des cirques, pour s'être
délivré ainsi de ses chaînes ! A présent, pas la
moindre faiblesse. Réduis-le à l'état de momie. Il
déféquera et urinera dans ses guenilles. Surtout,
surveille les gugus qu'il a su gagner à sa cause,
moi je vais aller discuter avec le reste de l'équipage.

Animé de ce courage forcené constituant le
meilleur de mes charmes, la gueule ensanglantée,
traînant la patte, je sors de ce qui fut mon appartement.

La chance est une souris d'hôtel que l'on rencontre rarement dans les couloirs, affirmait le saint curé d'Ars dont la canonisation n'a pas été volée. A peine viens-je de quitter la cabine que j'avise le second, impec dans sa chemise à manches courtes, ses galons cousus sur la poche-poitrine.

– On me dit qu'il se passe des choses dramatiques ! m'exclame-t-il du plus loin.

– Bien pire que ça ! rétorqué-je.

– Vous êtes blessé !

– Avant que de vous narrer l'incident, permettez-moi de balayer les doutes qui pourraient peut-être vous effleurer, fais-je en ôtant mon mocassin droit !

Il est creux du talon. Celui-ci se dévisse, révélant bientôt un mince compartiment, duquel j'extrais ma carte professionnelle, plus une plaque de l'Intelligence Service qui m'a été remise à titre temporaire.

Le nouveau seulmaîtraboraprèDieu en est impressionné.

Je lui raconte à lui aussi (faut pas craindre de rabâcher) que l'homme dont nous sommes en charge, mes deux amis et moi, a réussi à se défaire de ses entraves et qu'il est parvenu à abuser une partie de l'équipage après avoir assassiné Arrighi.

– Dorénavant, le commandant, c'est vous ! fais-je avec force. Je compte sur votre souveraine autorité pour ramener l'ordre à bord !

Immédiatement, son visage se trouve nimbé par cette promotion inattendue.

– L'affaire qui nous réunit, commandant, est d'une gravité exceptionnelle et peut, si les choses tournent mal, compromettre l'équilibre planétaire.

Sur ces mots, dont l'intensité n'échappera à personne, sinon à quelques moudus qui n'ont rien à foutre dans cette œuvre, je l'entraîne jusqu'à la « cabine tragique », pleine de sang et de gémissements.

Un tel spectacle fait blêmir mon compagnon. La vue de Bérurier-au-cul-nu apporte une diversion, d'autant qu'il est agenouillé près de Toutanski et que sa chopine apocalyptique s'étale sur le sol.

– Voilà le nergumène circoncis, annonce-t-il ; j' l'ai attaché avec un fil d'acier qu'était logé dans ma ceinture.

Il se relève en ahanant.

– Si vous aureriez une infirmerie à bord ou à bâbord, faudrait y conduire not' collègue, déclare ce poste à essence vivant. L'a b'soin d' réparations, d' même que vot' mataf, là, qui s' saigne, kif un goret. Y fait qu' réclamer sa mère, c' qui part d'un bon sentiment.

Ainsi, après cet épisode meurtrier, l'ordre est-il rétabli. Mais il n'est qu'apparent. En effet, mis au fait de la vérité, les marins n'ont plus qu'une idée : venger leur valeureux pacha si sauvagement poignardé. Craignant qu'ils n'appliquent la loi du talion nous décidons, le Mammouth et moi, de veiller sur le forban comme sur la prunelle d'Alsace, alcool de dilection du Gravos.

L'infirmier qui sert de médecin me barbouille la frite de mercurochrome et prend même la responsabilité de me poser deux agrafes à l'arcade sourcière. Quelques centimètres d'Albuplast achèvent de me transformer en dessin de Dubout.

A l'infirmerie, Jérémie a repris ses merveilleux esprits, mais il est si mal en point que je décide de l'y laisser, au moins jusqu'au lendemain.

Le temps est somptueux : mer verte, ciel bleu, soleil japonais. En contemplant cette immensité, je me dis que si un jour on parvient à assécher les océans, les individus disposeront d'un terrain d'expansion pour plusieurs millénaires. Réconfortant. Bien sûr, tout cela disparaîtra, en fin de compte, mais ç'aura été une fameuse école buissonnière. D'autant que les autres planètes attendent que nous allions les coloniser. Tu vois pas qu'à travers l'éternité on mette au pli toutes ces galaxies ? Qu'on fonce s'imposer de par l'Univers ! Ensemencer les voies lactées, devenir démiurges en douce ! Découvrir que, mine de rien, nous étions de la graine de Dieu !

Putain, le ramdam que ça voudrait faire dans le cosmos ! On espérait en l'Éternel, et l'Éternel c'était nous, tout culment. Comme nous étions en devenir, nous l'ignorions. Et puis voilà qu'à force d'à force on s'en est gentiment administré la preuve. Le Créateur a pris Sa retraite après avoir conçu l'homme et attendu qu'il se développe jusqu'à la Connaissance suprême. Quelle révolution philosophique ! Dieu, c'est nous tous : toi,

moi, Mme Michu, ton éboueur maghrébin, la
Queen au gros cul !

Je rejoins Béru. Il s'est assis en face du Polak.
Lui parle :

— M'est avis, Toutanski, que t'as perdu la
pogne pour les coups fourrés. Fut un temps que
ton audace payait. La carburation était ric-rac.
T' suffisait d' entreprend' pour réussir. Maintenant : zob ! T'as la scoumoune, tézigue. Rien n' va
plus ! Tu descends l'aut' versant d' la montagne.
La chance en a marre de ta sale gueule, kif une
gonzesse qui n' mouille plus pour toi. Doré-
d' l'avant, t'auras beau t'agiter, tu l'aureras dans
le prose, tel un vieux gode de bordel qui n' sait
même pas s'il baratte dans un fion ou dans
un' chaglatte.

A la fin de l'envoi, je le touche. Il se retourne.

— J' faisais un brin d' morale à ce gentelman,
déclare ce sage ; j' croive qu'on d'vrait reprend'
not' causette là qu'on l'a terrompue, mais c'te
fois, inutile de l' préparer, mes deux-livres-
avec-os suffira. Vot' opinion, monseigneur ?

Alors, ma pomme, Pilate à s'en laver les mains
et la grosse bitoune, de jeter d'un ton noble et las :

— Fais !

Pour « faire », il fait, Sac-à-tripes !

Dans le calme, ce qui laisse bien augurer de
l'entreprise. L'être déterminé se doit d'agir sans
passion, mais animé d'une volonté délétère.

Pour commencer : séance de cruelle humiliation.

— Suppose qu' tu soyes une pissotière, hypothèse Gargantua *number two*.

Sans pudeur ni vergogne, il extrait sa formidable Durit de son écrin à fermeture Éclair et promène son jet impétueux sur toute la face du despote, s'attardant aux yeux, aux narines, aux oreilles, lui pinçant le blair pour l'obliger à ouvrir sa clape qu'il arrose généreusement.

— Tu voyes, Sana, déclare Alexandre-Benoît en remettant son monument dans ses appartements privés, j' parille qu' personne encore y avait bricolé c' genre d'amusette. Si j' serais pas été aux tartisses récemment, j'y aurais aussi bien bédolé dans la gueule, mais c' serera pour plus tard, tu m' connais ?

« Tiens, est-ce qu'il en a s'lement un' conv'nabe, c' vilain ? »

S'emparant du poignard trucideur, il s'en sert pour confectionner une braguette de secours à messire Nautik Toutanski. Avec la lame du ya, il parvient à dégainer le pollux du tyran tyrannisé. L'objet est de fort médiocre importance.

— C't' avec un gnocchi pareil qu' tu t' permets d' faire chier l'humanité souffrante ? pouffe l'homme à la cervelle déstructurée. Mais mon pauv' chéri, moive qui t' cause, j'en ai jamais z'eu un aussi minable. A la naissance, déjà, d'après s'lon c' qu'on m'a raconté, mon chibre imposait l' respecte aux dames. Tiens, un exempe : mâme

Rivolet, la sage-femme qu'a délivré ma vénérée mère, elle m'a surveillé grandir jusqu'à c' que j'eussasse treize berges. E faisait un peu doctoresse dans not' campagne. Un jour qu' j' souffrais des baffles, m'man m'a envoilié consulter chez elle. T'aurais vu la Rivolet, c't' aubaine! Ses lotos y sortaient des orbites.

« – Ote ta culotte, mon Sandre, que j' voye si t'aurais pas d'enflure aux bourses », qu'a m' dit.

« J'en avais pas aux roustons, mais au chibroque si, et une de firste maniérude su' l'échelle à Richeterre! La vieille a poussé un cri terrible, comme un' truie qu'on enculerait avec une borne kilométrique. Ell' s'est j'tée toute vivante su' mon matériel à viande. T'aurais dit un' naufragée de quinze jours à qui on sert une entrecôte marchand d' vin! Ell' avait pas suffisesamment de doigts, de bouches, ni d'orifesses pour tout m'engouffrer, me malaxer, m'essorer le pompon. Une dame qu'approchait la soixantaine!

« – Surtout retiens-toi! qu'elle hurlait. Retiens-toi, petit con! Laisse-moi pas en carafe; une queue pareille à treize ans! »

« J'ai fait c' que j'ai pu. J' me récitais la tab' d' multiplication par neuf pour m'enrayer la dégorgeance. J' pensais à la mort de mémé av'c son dentier su' sa tab' de noye. Au jour qu' j'étais tombé dans la fosse à purin en jouant avec la fille Marchandise, tout ça... héroïque, j'ose dire. Y a des gars qu'est mort à la Quatorze-dix-huit sans payer autant d' leur personne! Elle a pu toucher son fade, la Rivolet. Elle pleurait d' bonheur.

« Sandre, qu'ell' m' dit, v'là un coup de bite que j'oublierai jamais ! »

« A s'est torchonné le bonheur avec la patte-mouille pour sa vaisselle, la chérie. N'ensute, elle a badigeonné ma gorge av'c du bleu d'acétylène.

« Puis, quand j'ai parti, elle m'a donné une tablette de chocolat Pupier.

« – Reviens me voir quand tu veux, Sandre ! Ici, y aura toujours un cul pour toi ! »

10

Il a beaucoup parlé, le Mammouth. Chez lui, les souvenirs sortent comme l'eau d'une canalisation éclatée. Quand il évoque sa jeunesse à Saint-Locdu-le-Vieux, il est intarissable. Le passé a des remontées au carburo. Ce qu'il raconte sent bon le fumier frais. On croit entendre caqueter les poules et tomber les pommes dans le verger.

– Bon, réagit-il, j' sus là qui cause, mais c'est pas l' tout : on a « fête à bras » que disait papa. L'au point qu'on en est, faut pas résiner sur les moiliens. Écoute, l' Polak, j' vas te bonir quéque chose de désagriable, et ensute t' le faire si t'obstines à nous chanter la Muette. Tu voyes c' couteau qu' t'as buté le commandant ? Y va m' servir à t' couper la bistougnette si tu vides pas ton sac. C'est pas qu'elle valasse l' prix du plus beau goumi, mais j' sus sûr qu' t'y tiens : on a tout l' monde ses faiblesses, n'est-il pas vrai ?

Il sort son mouchoir innommable de sa vague et l'utilise comme « gant médical » pour saisir le braque de l'ex-dictateur.

– Voilà, commente le Juste, tu causes, qu'autrement j' sectionne la tronche de ton paf. Et croive pas que ce fussent des paroles z'en l'air. Av' quat' centimètres de bite en moins, t'auras pas le *look* Casanova auprès des dames, ça f'ra même bougr'ment désordre. Au cas qu' t'ostinerais à silencieuser, j' te la tranche au ras des roustignacs, si bien qu' tu pourras jamais plus licebroquer dans une pissotière et tu t' f'ras mal voir d'aller aux cagoinsses des polkas !

Il rit gras, toujours aussi jovial.

Le ci-devant gouverneur de l'île Klérambâr m'apostrophe :

– Vous le laisseriez agir ? Vous, un haut fonctionnaire de la Police française ?

Je m'approche et lui parle dans le nez :

– Ici, je suis chargé de mission, mandaté par plusieurs pays européens. J'ai l'ordre de recevoir vos confidences par n'importe quel moyen ; vous saisissez, Toutanski : *n'importe quel moyen ?* A dire vrai, j'apprécie peu les sévices envisagés par mon collaborateur, mais je suis disposé à les permettre pour atteindre l'objectif désiré.

– Tu l'entends ? ricane Sa Rotondité redondante. Moive, d' mon côté j' t'annonce que ta gaule en tranches, c'est qu' les amuse-gueules d' mes projets.

– Tu n'es qu'un porc ! lui répond le prisonnier.

– Si j' sus un porc, allons-y pour l' boudin ! décide l'Enflure en appliquant la lame effilée sous le champignon anatomique de son tortionné.

Il attaque avec un savoir charcutier, l'Obèse. Ses grosses paluches stranguleuses se font chirurgicales. Il commence à cisailler le bas-morceau de Toutanski. Un flot de sang gicle. Émanant d'un endroit aussi sensible, ça produit son effet!

L'homme ligoté mate son ciflard entamé, d'un œil béant d'éperduence.

Brusquement, il fait, d'un ton aussi pointu que le ya du brave Béru :

— Non!

Le Mastard interrompt sa vivisection.

— Alors cause, mais pas de boniments. Si tu nous berlures, non s'l'ment j' t' le coupe en plein, mais j' t' le fais bouffer! assure ce gourmet averti.

— Laisse, conseillé-je à mon Zélé, que monsieur s'exprime. Selon qu'il dira la vérité ou non, il restera entier ou connaîtra la pénible ablation promise.

Toutanski semble avoir pris son parti de la situasse.

— Que faites-vous? s'inquiète-t-il, en me voyant sortir un petit appareil de ma vague.

— Je mets vos paroles en conserve, mon cher. Je ne suis pas seul dans cette équipée, je viens de le dire, ce qui implique que je dois rendre des comptes à mes partenaires.

— Vous pouvez aussi bien enregistrer n'importe qui en mes lieu et place!

— Erreur, monsieur Toutanski. Vos conquêtes territoriales vous ont quelque peu éloigné des progrès scientifiques. Aujourd'hui, chaque voix est aussi particulière que les empreintes digitales. La vôtre a été captée à votre insu, il y a quelques mois. Quand bien même vous parleriez en essayant de la travestir, elle resterait indentifiable.

Il a légèrement blêmi. Sa zézette entaillée continue de saigner d'abondance. J'ordonne au Bédouin normandisé de la lui empaqueter dans un linge de toilette, ce à quoi il consent de mauvaise grâce.

— On y va ?

Il esquisse, avec les paupières, l'ombre d'un acquiescement. Je perçois physiquement sa haine démesurée. Si nous étions à sa merci au lieu qu'il soit à la nôtre, il trouverait des trucs pas gracieux à nous faire, espère !

— Je vous écoute ! insisté-je.

— Que voulez-vous savoir ?

— Ce que vous taisez. Je précise que si vous empruntez « le récit des écoliers », mon collaborateur reprendra immédiatement ses représailles.

— Le mot est plaisant, ricane le Polak.

— L'essentiel est qu'il soit explicite.

Un temps. Le Mammouth, impatienté par ces tergiversations, retire le linge-pansement et le bec verseur du prisonnier raisine de plus rechef.

— Franch'ment, j' sais pas si tu vas l' ravoir, déclare Alexandre-Benoît, sceptique. Il a déjà une fameuse entaille ; p't'êt' qu'en l' recousant on pourrera l' sauver ; la viande c'est fantaisiste, mais ça t' cuirera longtemps quand tu licebroqueras. Baste, ça t' rappellera tes chaudes-lances d' quand

t'étais jeune homme et qu' tu tirais les putes d'
Varsovie.

— Laisse-le parler, bordel ! m'énervé-je, exas-
péré par les déconnages d'Elephant Man à un
moment aussi tendu.

Vexé jusqu'à la moelle épinière, le Boa
constructeur s'enferme dans un mutisme hostile.

Un silence recueilli s'établit, identique à celui
qu'on respecte une minute pour rendre hommage
à un gazier qui a fait le « sacrifice de sa vie » par
manque de bol ou étourderie.

Puis, conscient de ce qu'il lui est impossible de
tergir le verset plus longtemps, Toutanski met le
bras de son vieil électrophone sur le disque :

— Voici plusieurs années...

— Combien ? coupe sèchement le fameux Sana.

— Sept ans, je crois.

Je m'approche de lui et lui montre mon enregis-
treur.

— Vous apercevez ce minuscule voyant rouge
qui vient de s'éclairer ? Il s'allume chaque fois
que vous mentez.

L'homme méduse un pneu. Il encaisse le coup
puis rectifie :

— En fait, il doit y avoir cinq ans de cela.

La petite loupiote s'éteint.

— Magique, hein ? exulté-je-t-il. Quand vous
pensez qu'à ses débuts l'homme marchait à quatre
pattes ! Bien, nous disions donc qu'il y a à peu
près cinq ans...

— J'ai été engagé avec quelques mercenaires

par des colons allemands habitant la Namibie dans le Sud-Ouest africain.

– Après ?

– Ces gens projetaient de s'approprier le résultat d'extractions réalisées dans un important gisement de diamants situé en plein désert du Namib...

– Passionnant.

Toutanski incline la tête pour visionner sa pauvre zifolette entaillée.

– Je vais me saigner, dit-il.

– Attends, j' t' fais un garrot ! offre généreusement le Pachyderme.

Il déchire le linge, prélève une bande qu'il entortille autour de la blessure.

– Ne serrez pas si fort ! gronde l'aventurier.

– T' as peur que ça t'étouffe ? se marre l'Iconoclaste.

– Poursuivez ! Alors, l'action contre le gisement diamantifère ? demandé-je.

– Mes gars et moi avons lancé une opération surprise qui a pleinement réussi. Les gardes de la mine n'ont pas résisté et je crois même que personne n'a été tué dans l'aventure. Nous nous sommes fait ouvrir le coffre-fort contenant les résultats d'un mois d'extraction et y avons trouvé des pierres, encore brutes, certes, mais de toute beauté... Nous avons estimé qu'il était idiot de tirer les marrons du feu pour un groupe d'aventuriers allemands moins courageux que nous et avons décidé de garder et de partager le butin.

– Vous étiez nombreux ?

– Onze.

Il abaisse les yeux sur son pansement de fortune. Le linge de toilette, blanc à l'origine, est complètement rouge de sang. Il semblerait que le Molosse a été mal inspiré de lui débiter la bistougne en rondelles.

Inexorablement, je poursuis mon interrogatoire :

– Où se trouve cette mine ?

– Entre la baie de la Baleine et celle de Lüderitz.

– Qu'avez-vous fait après le partage des diamants ?

– Nous avons décidé de gagner Le Cap.

– De quelle façon ?

– On était équipés de deux véhicules tout-terrain... Mais un millier de kilomètres nous séparaient de notre objectif. Bien avant qu'on atteigne le fleuve Orange, l'une des voitures a pété son carter et nous avons dû poursuivre entassés dans la seconde. On roulait dans une région désertique. L'horreur !

« Le second jour, un avion de tourisme lancé à notre recherche nous a repérés. Il volait à basse altitude et s'est mis à lancer des grenades à grande puissance. Le type qui les balançait était d'une adresse folle. Il faisait mouche une fois sur deux. En moins de cinq minutes, notre seconde voiture a été hors d'usage. L'avion tournait au-dessus de nos têtes. Certains de mes gars ont essayé de riposter, mais sans grand succès. Cinq sont morts presque tout de suite : ceux qui se tenaient sur les marchepieds. Les autres, réalisant que la partie était perdue, ont sauté de la voiture et ont levé les bras après avoir jeté leurs armes.

« Vous croyez que le salaud en a tenu compte ? Au contraire, il prenait un malin plaisir à les ajuster. En peu de temps, tous mes camarades ont été allongés dans le sable brûlant, criblés d'éclats. Ceux qui n'étaient pas morts agonisaient. »

Il s'interrompt à nouveau. De la sueur embue son front. Je le trouve particulièrement blême. Sa voix a perdu de sa rudesse.

– Voulez-vous boire ?

Il acquiesce. Sur un signe de moi, le Mastodonte lui sert un verre de vin. Il le vide. Le sang coule le long de son pantalon, formant bientôt une large flaque. Je devrais faire montre d'un minimum d'humanité, interrompre mon interrogatoire. Eh bien non ! D'acier, qu'il est, le Sana. Impitoyable en plein. La charité chrétienne ? S'en souvient plus ! On devient vite un monstre dans ce métier !

– Et vous ?

Il a un léger flottement :

– Hein ?

– Tous vos gars étaient morts ou mourants, mais vous qui êtes là à raconter l'affaire, dans quelle posture étiez-vous ?

– J'ai tout de suite compris que nous étions foutus. Lorsque l'avion est allé virer pour revenir à la charge, j'ai quitté notre véhicule en rampant afin de gagner un buisson d'épineux ; je m'y suis enfoui littéralement. Un mois après, je m'arrachais encore des aiguilles de la chair.

— Continuez !

Il murmure :

— On ne pourrait pas me soigner un peu, avant de poursuivre ? Je sens que ça urge !

— On s'occupera de vous lorsque vous aurez tout dit !

— Vous êtes aussi fumier que moi, soupire-t-il.

— Ces trucs-là sont contagieux, fais-je. Donc, à l'abri de votre buisson vous suiviez les événements. Que furent-ils ?

— Ces salauds d'Allemands ont atterri et achevé mes gars à la mitraillette. Après quoi ils les ont minutieusement fouillés pour récupérer les pierres que nous nous étions partagées.

Toutanski proteste.

— Vous ne voyez pas que je suis en train de crever ? me demande-t-il.

— Si, reconnais-je, c'est pourquoi nous devons nous dépêcher. Bon, vous disiez que les Teutons ont récupéré les cailloux sur vos hommes. Ensuite ?

— Ils les ont empilés dans la voiture tout-terrain, les ont arrosés d'essence et y ont mis le feu. Puis ils sont repartis à bord de leur zinc. Le charnier a brûlé pendant des heures. Ça puait salement. La nuit tombée, ça grillait toujours. Heureusement, car le brasier a été aperçu de loin par une colonne de véhicules qui s'est déroutée pour

venir constater de quoi il retournait. J'ai joué mon
va-tout et suis sorti de ma cachette. Le convoi était
constitué de gars turbinant dans une mine à deux
cents kilomètres de là. Ils allaient prendre leur travail après leur période de repos, voyageant la nuit
pour éviter la chaleur. Je leur ai raconté que nous
convoyions des diams et avions été attaqués ; la
vérité en somme. Ils ont été sport et m'ont pris
avec eux...

— Et ensuite ? que demande l'insatiable San-
Antonio.

— Je suis resté quelque temps avec les mineurs,
jusqu'à ce qu'un nouveau convoi parte pour Windhoek, d'où j'ai pu me faire rapatrier en Europe.

Le linge enveloppant son sexe mutilé est lourd
du sang qui continue de couler en abondance.

— Et en Europe ?

— J'ai vendu mes diamants bruts à un fourgueur
d'Amsterdam. Ce que j'en ai retiré m'a permis de
mettre sur pied l'opération Klérambâr. Vous
connaissez la suite...

Il paraît complètement au bout du rouleau, le
Polak.

— Je suis foutu, articule-t-il.

— On va s'occuper de votre santé, le rassuré-je.
Auparavant je vous poserai une dernière question,
Nautik.

— Laquelle ?

— Pourquoi avez-vous recommencé de me men-
tir ?

— Moi ?

– Quand vous m'avez déclaré qu'une fois de
retour à Windhoek vous vous êtes fait rapatrier en
Europe, le voyant de mon appareil s'est éclairé.

– Vous me faites chier ! soupire-t-il, et il s'éva-
nouit.

11

Rafistoler une bite de gentleman est un exercice délicat, tu t'en doutes. Le pansement qu'on appliqua sur la plaie se montra aussi efficace qu'un tampon d'ouate sur une bouche d'incendie ouverte. Alexandre-Benoît, dont les connaissances médicales sont moins complètes que celles qu'il possède concernant la division d'un noyau atomique en nucléides, lui avait sectionné la grosse veine bleue servant si bien de tracé aux manœuvres linguales d'une donzelle invertueuse. L'hémorragie résultant de cette barbarie bérurière ne fit que s'amplifier et le sauvage aventurier se vida de son sang dans les meilleurs délais. Il trépassa sans tambour ni trompette, avec, je dois le reconnaître, beaucoup de résignation.

Sa Majesté Ducon Ier se montra passablement marrie d'avoir causé la mort d'un homme que plusieurs États espéraient faire parler. Notre mission, si capitale, tournait court car nous l'avions mis à mal avant d'avoir appris ce que nous escomptions tellement lui faire dire. Le Mastard

et moi convînmes de prétendre que le Polak nous
avait agressés par-derrière et avait écopé de ce
fatal coup bas en cours de castagne. Ça ne nous
redonnait pas l'éclat du neuf, mais du moins
l'honneur était-il à peu près sauf.

On l'a immergé quelques heures après son
décès.

A bord du yacht, ils n'avaient pas de sacs,
n'étant pas outillés pour ce genre de cérémonie.
On l'a simplement enveloppé d'un drap, ficelé à
chaque extrémité. Deux matafs l'ont saisi. Ils ont
fait « A lala une ! A lala deux ! » et, au troisième
« A lala », l'ont débastingué. Le corps a flottaillé
un instant, le suaire s'est gonflé. Le barlu poursui-
vait sa route implacablement. De loin, on a cru
voir la dépouille s'engloutir en tournoyant. C'était
une fin digne d'un sanguinaire comme lui, tu ne
trouves-t-il point ?

Une grande mélanco me poignait. De la philo-
sophie dégueulatoire, tu connais ? Toujours, à la
mort de mes ennemis, je remets mon boulot en
question, et moi avec. Y a des fois, si je croyais
pas en Dieu, je me déféquerais !

J'ai passé le reste de la journée auprès de Jérémie Blanc qui reprenait du poil de l'ablette. Ma
morosité confinait au désespoir, comme dirait un
ramasseur de crottin. Le Noirpiot m'a remonté la
pendule.

— Bon, Toutanski est anéanti, a-t-il admis ; mais
il est parti en te laissant une indication.

— Laquelle ?

– Tu sais, par ton détecteur de mensonges, qu'il recommençait de te berlurer quand il prétendait être rentré en Europe tout de suite après l'affaire des diamants.

– Eh bien ?

– S'il mentait en affirmant cela, c'est qu'en fait, il était resté en Namibie.

– Objection on ne peut plus valable, Votre Honneur !

– Réfléchis : l'affaire des diamants a eu lieu voici cinq ans, c'est-à-dire assez récemment. Il ne doit pas être impossible de retrouver la trace de notre Polak dans un patelin de négros aussi peu peuplé.

Tu sais quoi ?

Je me penche sur sa couche et le baise au front.

– Tu me redonnes un peu d'oxygène, mon valeureux ami. Je charge le Seigneur de te récompenser.

Et je le laissai en retenant mes larmes.

TROISIÈME PARTIE

12

– En cell'-là, tu l'as vue, cell'-là ? gronde Bérurier en nous montrant un effroyable insecte, gros comme une coquille Saint-Jacques.

Il lève son pied à l'équerre, comme un soldat britannouille paradant devant Buckingham Palace et applique sa semelle sur le cancrelat. Cela donne un bruit de casse-noisettes broyant une noix. Satisfait, il retire sa grole pour vérifier les résultats de l'impact. Une sorte d'énorme et infâme crachat glaireux, dans les teintes jaune et vert, souille le tapis de raphia « honorant » notre piaule.

– Tu aurais mieux fait de laisser cette bestiole vaquer à ses occupations ! assure Jérémie Blanc. Je la préférais vivante que morte : elle me flanquait moins la gerbe.

Le Dodu explique que, tuer les blattes de ce calibre, équivaut à préserver la société.

Histoire de surmonter la hideur de son insecticide, il écluse quelques centilitres de vin du Cap, qu'il compare à un aramon bouchonné.

Le bigophone vibrionne et je décroche. Une

voix homosexuelle me promet le chef inspecteur.
Le temps de compter jusqu'à deux, et un organe
authentiquement mâle, celui-là, me déclare dans
un anglais entartré d'accent allemand :

– Julius Schaub à l'appareil.

– San-Antonio ! riposté-je-t-il du tac au tac. On
a dû, depuis Londres, vous prévenir de ma venue ?

– En effet. Quand voulez-vous que nous nous
rencontrions ?

– Le plus rapidement possible.

– En ce cas, je vous attends. Vous avez une
voiture ?

– Pas encore ; mais je vais prendre un taxi.

– Vous vous croyez en Angleterre ? Une auto-
mobile de mes services va venir vous chercher. A
quel hôtel êtes-vous ?

– Au *Groptfontein*.

– C'est à deux pas. Tenez-vous prêt.

– Je suis à Windhoek accompagné de mes collaborateurs ; vous permettez qu'ils viennent avec
moi ?

– Sans problème.

Nous quittons l'hôtel « Cancrelats » et débou-
chons dans une lumière de fournaise électrique.
Ici, le bourguignon crache épais. Clarté blanche,
d'une folle intensité, qui vous becte la rétine
jusqu'à l'anus. La rue est dolente dans la chaleur.
Des *colored* aux fringues de coton, coiffés de cha-
peaux de paille, des Blancs tendance blondasse ;
ici la chleuserie domine.

Béru, qui en est resté aux pays africains

interprétés par Hergé, s'est loqué en colon style Zig et Puce. Il porte un short taillé dans un vieux pantalon à rayures, des chaussettes dépareillées, des brodequins du type écrase-merde et un tee-shirt vantant les incontestables mérites de la fameuse « Vache qui rit » de réputation internationale.

– C'est un poster de Berthe ? demandé-je en désignant l'aimable bovidé.

– Voui, convient-il. A m'l'a offerte pour la fête des Pères.

Là-dessus, une Mercedes âgée de douze ans, mais bien entretenue, se range devant nous. Elle est pilotée par un superbe Noir qui se précipite pour débonder la tire.

Julius Schaub est un type rouquinant, à l'expression soucieuse. On a l'impression qu'il coltine le poids du monde, malgré des varices purulentes, quatre côtes fêlées, un bandage herniaire et des rhumatismes articulaires aigus. Il a le regard bleuâtre sur fond pourpre, des molaires en or, un début de calvitie, une couperose due au whisky pur malt et une fossette au menton qui ressemble à un trou du cul de sapajou.

Son attention est totalement accaparée par Alexandre-Benoît dont l'accoutrement le trouble fortement. Sa perplexité est si intense qu'il m'en fait part.

– De quoi s'agit-il ? demande ce personnage sérieux.

– D'un collègue qui m'est indispensable,

réponds-je avec cette brièveté empreinte de gravité qui ajoute tant à mon autorité.

Il opine, juste pour dire, et conserve son effarement. Puis il fait signe à un mignon d'Henri III
habillé en Boer d'opérette.

– Mon principal collaborateur : Otto Rhinaüs.

L'interpellé me tend une menotte molle comme
les testicules du duc d'Edimbourg ; je la presse
sans joie excessive.

– Selon votre requête, j'ai prié Otto de consti-
tuer un dossier sur le dénommé Toutanski,
reprend-il. Je crois qu'il est des plus creux,
n'est-ce pas, mon cher ?

Son « cher » se caresse le sexe à travers l'étoffe
de son short et se met à opiner. Puis il prend sur
son burlingue un dossier enfermé dans une chemise de plastique brun.

– En effet, confirme-t-il avec une voix fluette
de goûteur de bites. Cet homme est entré dans
notre pays avec un visa de tourisme, il y a
séjourné dix-huit mois, après avoir sollicité à deux
reprises une prorogation qui lui fut accordée.

– Dix-huit mois ! m'exclamé-je-t-il dans le
meilleur anglais que je puisse fournir.

– Moins sept jours ! confirme la Boere.

Je chope le dossier. On ne peut prétendre qu'il
soit copieux vu qu'il se résume à une page dacty-
lographiée. Cet unique feuillet indique la date
d'entrée du Polak, sa date de sortie, plus les lieux
où il a séjourné, à savoir : la mine de Crakburn
Windhoek, la capitale (au *Spring Hotel*), et enfin

Keelmanshop dans le sud du pays, chez une certaine dame Margaret Ferguson.

Ce peu de tuyaux me remplit cependant de contentement car, entre nous et la porte des chiottes, je t'avoue que je n'en espérais pas autant !

J'exprime ma satisfaction aux deux fonctionnaires. Le pédoque se fourbit plus fougueusement le gland, tant est vive l'émotion que lui procurent mes compliments. Il me couve d'un regard langoureux, pointe sa menteuse entre ses lèvres roses, comme pour une promesse, et ses prunelles de biche me laissent pressentir des délices à m'en arracher le casque de Néron.

— Je suppose, émet alors Julius Schaub, que vous allez procéder à une enquête dans le pays. Étant donné que vous ne le connaissez pas et ne pratiquez point les langues africaines, je vais vous adjoindre l'une de mes collaboratrices, *Fräulein* Gretta Dübitsch.

— Ce n'est pas la peine ! me récrié-je énergiquement, peu soucieux de nous voir coller une Teutonne aux noix.

Mais le dirluche des services de Sûreté tient à nous faire ce cadeau empoisonné, voulant, j'imagine, être informé de nos déplacements dans son patelin.

Arrive, à sa demande, la *Fräulein* qu'il nous a causé ! Dès lors, je rengaine mes protestances. Quand tu tombes sur une fille de ce calibre, ta boussole perd le nord, et son aiguille tourne tellement vite qu'elle pourrait servir de ventilateur pour peu que tu retires le verre protecteur !

On incrédulise, mes potes et ma pomme ! Charogne, d'où qu'elle sort, celle-là ! Tu parles d'un échantillon de propagande, Fernande !

Moi, les glandes mammaires m'ont toujours fasciné quand elles ont du maintien et ne font point trop vache laitière. Le mec s'y retrouve mieux. Les souris qui roulent à plat du bustier me peinent. J'ai envie de leur souffler dans l'embout pour donner consistance à leurs loloches. La gonzesse qui vient d'arriver est équipée de première. Elle pourra jamais faire la planche, mais la balise, si ! Mon pote Bombard aurait pris un sujet commak sur son radeau, j'eusse été plus tranquille pour lui, si sympa.

Tiens, du temps que je cause de toi, je plaque une bise dans tes broussailles, Alain. Heureusement qu'il existe des cinglés de ton espèce ou de celle d'Aboville pour démisérer les glandus tourbesques qui nous la font si grise et moisissante ! J'aime bien que des excentriques du bulbe accomplissent les exploits qui me sont impossibles. Lorsqu'un louftingue franchit la baie de San Francisco en marchant sur les haubans du pont, j'érectionne de partout. Je le trouve con, mais son courage m'éblouit.

Je me hâte d'en revenir à Gretta Dübitsch, coupeuse de souffles masculins ! Ça, oui, c'est de la gerce ! Quand tu la mates, tu réalises que l'humanité est loin d'être obsolète, qu'elle a encore des beaux jours à vivre... *This* personne est d'une blondeur tirant sur le vénitien, une peau ambrée, un regard presque mauve, de longues jambes dont je voudrais me faire un cache-nez. Je te garde sa bouche pour la fin : des lèvres aussi affriolantes, je gage, que celles de sa chaglatte. Quand elle te confectionne un collier à chibre, tu dois partir en béchamel dès le troisième aller-retour !

On en reste dans les éblouissements contondants, mes potes et moi. Trouver une telle donzelle au fond des Afriques, ça perturbe !

— Hello ! qu'elle nous cantonade avec un sourire en nacre naturelle.

On bredouille de l'inaudible. Déjà, y a plus de place dans l'aumônière de nos kangourous. Faudrait qu'on s'échancre le bénoche, comme jadis M. Anatole découpait le col des clients au père Guillotin avant de leur sectionner la tige.

Et la voilà qui se nomme Gretta, dis ! Comme dans les *books* d'aventure. « La cavalière Elsa », Anita, Barbara, Alexandra. Des noms pareils te profanent le calbute, biscotte ils t'amènent des sécrétions inopinées. J'ai eu un pote qui larguait sa came aussitôt qu'une frangine un peu salace lui souriait. Le soir, lorsqu'il posait son Éminence, ça produisait un bruit identique à celui d'un cageot qu'on défonce. A force d'être amidonné, son slip devenait une armure. On peut pas croire combien il est surprenant, l'homme ; inattendu malgré sa sottise. Capable de tout et, principalement, du reste.

La Gretta murmure en désignant le dossier d'un feuillet :

– J'ai pris connaissance de ces maigres notes : pas grand-chose à vous mettre sous la dent, n'est-il pas ?

Elle parle le français, la divine, sur construction britannouille certes, mais île-nain-porte.

J'aimerais bouffer son accent dans sa bouche. Lui vote un sourire émaillediamanté qui réveillerait une chauve-souris dans son sommeil.

– Je suppose, murmure-t-elle, que vous allez commencer par rencontrer cette Margaret Ferguson chez qui votre homme a séjourné plusieurs mois ?

– Exactement !

– Prévoyant votre réaction, j'ai fait préparer un avion du gouvernement pour vous conduire à Keelmanshop.

– C'est très aimable à vous, assuré-je-t-il.

Tout en me disant que si cette péteuse fringante espère nous dicter notre conduite, elle ne tardera pas à tomber sur un os de mammouth.

13

Nous nous envolâmes le lendemain, dès l'aube, à l'heure où blanchit la savane, à bord d'un Riboustin 14 de l'armée namibienne. Cet appareil fait pour survoler les brousses a une capacité de vingt-cinq places. Propulsé par deux moteurs Broncoli, sa vitesse de pointe est de six cents kilomètres-ciel et son rayon d'action de six mille kilomètres trois cent quarante-deux (hors tout, service compris).

J'étais assis au côté de Gretta, au premier rang ; mes deux collaborateurs se tenaient loin derrière. Béru avait choisi la dernière rangée car elle se composait de trois fauteuils contigus, si bien qu'en soulevant les accoudoirs, il s'était confectionné une couchette sur laquelle il s'octroyait un complément de sommeil.

Ma voisine portait un short de couleur sable qui se mariait parfaitement avec son bronzage, ainsi qu'une chemise de brousse garnie de poches à soufflets. Elle avait aux pieds des mocassins de cuir extra-souple qui donnaient la

nostalgie de l'Italie. Son grand sac gibecière
gisait ouvert sur le sol. Elle y puisait sans vergogne (ayant oublié sa vergogne sur la commode
de sa chambre) des cigarettes à l'odeur de miel
brûlé qui m'eussent flanqué la gerbe si je
n'avais été à ce point fasciné par ses cuisses, sa
gorge et sa divine blondeur.

Tu n'ignores pas combien je suis un homme
discret. J'appartiens à ce genre de mecs qui
enfoncent de la mie de pain dans les trous de
serrure pour ne pas voir baiser les locataires de
la chambre à côté. Ma déformation poulardière
m'a affublé d'un œil de lynx, aussi aperçus-je
dans une poche interne du sac, une boîte de
préservatifs qui devaient se montrer à toute
épreuve, étant de fabrication germanique.
J'augura bien de cette découverte, me doutant
que la superbe fille n'emportait pas ces capu-
chons à cierges pour en confectionner des ballons.

Elle avait capté mon coup de périscope et en
riait comme d'une aimable farce.

— Seriez-vous indiscret ? demanda-t-elle.

Je dus rougir telle une plaque d'eczéma sur-
mené et bafouilla miséreusement, ce qui eut
l'heur de la ravir tout à fait.

— Pardonnez-moi, miss : certains regards nous
échappent.

— C'est naturel, en convint-elle.

J'ajouta :

— Cela me permet de constater que vous êtes
une personne prudente.

– Il le faut absolument dans un pays où le sida est en pleine expansion, du fait de l'inconséquence des Noirs.

Je fus dérouté, hésita, puis demandis :

– Dois-je comprendre que vous avez des relations privilégiées avec eux ?

– Comment échapper à cette nécessité ? Ce sont d'excellents partenaires, généralement bien constitués, et qui changent des Allemands ou autres Anglais qu'on a à se mettre sur le ventre.

La crudité de son langage me surprisit. Je préfère les dames bien élevées, tout en espérant qu'elles soient salopes dans le privé. Nous appartenons à une civilisation tartufière qui continue de distribuer des satisfecit au grand jour et se masturbe dans les coins d'ombre.

– Croyez-vous, demandai-je, quelque peu mortifié de ce que ses élans du cul l'éloignassent de la race blanche à laquelle j'appartiens par inadvertance, croyez-vous qu'il n'existe pas de bons partenaires dans l'hémisphère Nord de notre planète ?

– Bien sûr que si ! se récria *Fräulein* Dübitsch. J'ai fréquenté voici quelques années un Italien extrêmement expert, dont chacune des éjaculations valait une toile de Léonard de Vinci. Mais il s'agit d'un cas isolé. Il m'est arrivé également de faire l'amour avec un Suisse doué d'une parfaite technique.

– Des Français ? risquai-je, poussé par un puéril nationalisme de sommier.

– Un seul ; un alcoolique qui pleurait en jouissant. Il ne m'a pas laissé un souvenir impérissable, d'autant qu'il était membré assez chichement.

Ces propos irritaient mon chauvinisme. Je me sens de mon pays comme d'une religion et suis toujours disposé à briser quelque vase de Soissons sur la gueule de ceux qui le vilipendent.

– Ma chère, dis-je-t-il d'un ton pincé, je vais entreprendre une croisade pour réhabiliter le sexe de mes compatriotes. Pour commencer, je voudrais vous soumettre quelque chose qui ne laissera pas que de vous intéresser.

Je fis alors un geste inhabituel chez moi : je sifflis entre mes doigts comme un rôdeur de barrières du début de siècle. Béru en fut réveillé. Il se mit sur son séant et questionna, la bouche pâteuse :

– Quoi-ce ?

– Viens çà, ami ! lui lançai-je.

Il geignit, mais quitta ses trois sièges pour nous rejoindre.

– Gros, l'attaquai-je, mademoiselle ici présente déclare que nous autres Français sommes montés comme des ouistitis, il me serait agréable que tu infliges un démenti à cette assertion.

– En somme, t'veuilles qu'j'y déballasse ma chopine ? crut-il bon de traduire.

– En somme, oui.

– Ça pouvait pas mieux tomber, admit ce

militant du chibre, que just'ment l'avion m' file la trique.

Il dégrafa posément son bénoche et le laissa tomber sur ses baskets. Derrière le pan avant de sa limouille, ça remuait ferme. Le Gravos le releva avec une lenteur savante de strip-teaseuse, découvrant à la Teutonne éblouie un braque de réputation internationale sur lequel la faculté de médecine possède un droit de préemption.

– Oh mon Dieu ! fit-elle : en allemand, en anglais, en français et en comprimant ses seins généreux.

Le gourdin du Mastard acquiesçait lentement de sa grosse tête violacée dans laquelle un œil de cyclope considérait la fille avec concupiscence.

Cette massue de chair effrayait et fascinait tout à la fois, ce qui est fréquent en matière d'anomalies.

– Puis-je toucher ? risqua notre cicérone femelle.

– C'est fait pour, assura noblement le propriétaire de l'engin.

Elle avança sa main cupide qui ne put encercler le monumental objet d'art.

– Incroyable !

Elle hésita et murmura :

– J'aimerais l'embrasser.

– Gênez-vous pas. S' lement je préfère préviendre qu' si c' t' bête est trop cajolée, é fait comme les baleines : a l'y va d' son jet d' vapeur : vous risquez d'écoper d'un masque de beauté, maille darlinge !

Mais notre accompagnatrice ne l'écoutait plus et se lançait dans une turlute d'une voracité que je n'avais encore jamais rencontrée.

– Eh ! mollo, ma grande ! protesta le Gigantesque. C'est pas un plancher qu' vous rabotez ! Si vous m' tutoyez l' Nestor pour en faire des copeaux, j'aime mieux êt' essoré à la manivelle, môme. V' s' êt' c' pendant pas angliche, pour m' racler l' memb' kif c' s' rait un' carotte !

Elle ne comprit pas entièrement la protestation d'Alexandre-Benoît, mais en interpréta le sens général et développa davantage l'écartement de ses maxillaires.

Nous devons aux exigences de la vérité d'affirmer que Gretta Dübitch s'acquitta d'une pipe en bonne et due forme qui faillit l'étouffer.

Le Service namibien faisait bien les choses. A l'arrivée, une voiture nous attendait en limite de piste : grosse Chrysler Voyager pilotée par un Noir que sa denture proéminente aidait à ronger son frein [1]. Il portait un bermuda et une chemise garnie de poches pectorales aussi gonflées que celles que la reine d'Angleterre a sous les yeux.

Il avait délourdé sa caisse et nous obligea d'un salut militaire horizontal si intense qu'il pouvait se gratter la cervelle avec les ongles.

---

1. Si j'écrivais pas toutes ces conneries, tu penserais que je suis malade.

Gretta lui adressa la parole dans un dialecte que je supposai être de l'afrikaans ou du bantou, mais je m'en écarquillai l'anus avec le spéculum de la princesse Margaret, ne comprenant ni l'un ni l'autre de ces patois.

La converse fut brève. Nous prîmes place dans le vaste véhicule dont nous appréciâmes la climatisation. Le conducteur ne tarda pas à démarrer dans un nuage de poussière, nous donnant la désagréable sensation de traverser Regent Park un jour de *fog*.

Nous roulâmes un couple d'heures à travers une nature où le mètre carré de terrain doit valoir moins cher qu'à Times Square. Des roches, une terre rougeoyante, une végétation parcimonieuse, un ciel chauffé à blanc ; pas de quoi rameuter le Club Med. Béru aux bourses vidées dormait de nouveau. Ses ronflements rivalisaient avec ceux du moteur. M. Blanc lisait un ouvrage de la Pléiade. Il s'agissait du fameux traité de botanique florale de Pascal intitulé *Pensées*, récemment réédité chez Vilmorin.

Je sentais le genou de l'Allemande contre le mien ; nonobstant, je restais, non pas de marbre, mais de chewing-gum mâché. Ses débordements avec le Gros prouvaient que la dame ne savait rien refuser à ses sens, comme le dit si justement un cardeur de matelas de mes relations. Cela me désobligeait car, sans exiger l'exclusivité d'une frangine, il me déplaît de la savoir ouverte à tous, comme un grand magasin un jour de « promotion spéciale ». Je ne boudais pas, mais me cloîtrais dans une réserve d'Apache.

Les femmes faciles sont les bienfaitrices des queues pressées, mais disconviennent aux romantiques de mon espèce !

Au bout du trajet se trouvait une agglomération de type colonial, dans les rues de laquelle des chiens erraient, des enfants jouaient, des ivrognes cuvaient et des marchands vendaient. Les autochtones semblaient ne pas avoir d'autres préoccupations que de chercher de l'ombre pour s'y tapir. Une vieillarde ayant largué ses vingt dents depuis lurette mâchait une plante qui, sans doute, les aurait fait tomber. Bien que ce végétal chiqué fût vert, elle crachait noir, mais peut-être avait-elle été mineuse dans sa période active ?

Fräulein Dübitsch lui demanda la maison de Margaret Ferguson. Crois-moi où va te faire carrer une betterave sucrière dans le cul (sauf si tu as du diabète, naturellement), nous nous trouvions pile devant le cottage de la personne en question (en anglais : *the person in question*). Le hasard fêle bien les choses, comme le répétait grand-mère.

La maisonnette ne manquait pas d'agrément. Malgré sa situation géographique, elle évoquait l'Angleterre, avec ses fenêtres à petits carreaux garnies de pots de fleurs et sa façade à colombages. La porte était ouverte et l'on apercevait un perchoir surmonté d'un perroquet vert et jaune, qui rouscaillait en allemand, langue qui se prête admirablement au maugrément.

Gretta, qui me devançait, toqua à l'huis entrebâillé. Le psittacidé cria quelque chose avec l'accent cacatoès.

Nous considérâmes qu'il s'agissait d'une invite et pénétrâmes dans la maison. Nous découvrîmes un charmant living de vieille dame méticuleuse, meublé comme n'importe quel intérieur de créature ayant troqué les patins buccaux contre des patins de feutre. On trouvait, sur les murs, des écorces d'arbres peintes de la Forêt-Noire, des gravures de Tyroliens moustachus et la photographie d'Adolf Hitler déguisé en Charlie Chaplin. Sur le sol s'étalait un large et vieux tapis détramatisé par l'usure ; sur cette relique gisait une personne âgée dont le chef s'ornait d'un monumental chignon en demi-cercle, qui n'avait pas suffi à neutraliser un coup de tisonnier porté à sa tête.

Ouf ! Cette phrase n'en finissait pas, tu la croirais extradée d'une œuvre de M. Claude Simon, si talentueux, mais si chiant à lire.

Ma potesse poussa une exclamation et se tourna vers moi.

– Qu'est-ce que vous pensez de cela, *Herr Direktor ?*

– Que nous arrivons trop tard, répondis-je-t-il, non sans finesse.

Là-dessus, je m'assis sur le divan, joignis mes mains ferventes autour de mon genou préféré et

entrai dans une période de méditation dont je ne
serais peut-être pas encore sorti si cette gentille
névropathe de Gretta ne s'était mise à se caresser
fiévreusement devant la défunte.

Une telle initiative m'arracha à une morbide
contemplation.

Je sortis sur le pas de la porte et, du geste, invi-
tai M. Blanc à me rejoindre.

14

– Prenez-moi ! Prenez-moi ! gémissait l'Allemande en se choyant la cressonnière avec deux doigts en lesquels, malgré sa promptitude d'exécution, je crus reconnaître son médius et son annulaire.

Je considérais sa frénésie sexuelle avec surprise, tant il me semblait incongru qu'une personne de sa classe, œuvrant pour le gouvernement, se livrât à des débordements aussi excessifs en présence de messieurs étrangers. Cela dit, ce spectacle ne manquait point d'un certain charme et je me permis de le préférer temporairement à celui du cadavre.

– Hystéro ? demanda Jérémie.

Le doute n'étant pas possible sur ce plan, je m'abstins de répondre. Folle d'excitation autant que d'impatience, notre cicérone chemina, à genoux, jusqu'à M. Blanc pour lui saisir les génitoires au travers du pantalon.

Mon ami soupira et laissa flotter les rubans. Ce fut déterminé, précis et rapide. En moins de temps qu'il t'en faut pour gober les bobards d'un ministre, elle lui dégagea la massue, lui composa une rouge collerette de ses lèvres et, grâce à une combinaison subtile de va-et-vient et d'aspirations conjugués, le défit de sa surcharge séminale, opération que mon grand primate subit stoïquement, en mâle qui n'en est pas à quelques millilitres de foutre.

Cet en-cas obtenu, la gerce des Services spéciaux (ô combien!) retrouva, son calme en même temps que la position verticale. Elle fit ce que toutes ses pareilles font dans ce cas : elle rechargea ses lèvres de rouge Chanel [1].

— Alors, interrogea-t-elle avec guilleretté, où en sommes-nous?

— Comme cette dame : au point mort, répondis-je, non sans humour, tu peux le constater.

Jérémie venait de remiser sa queue et palpait le cou fripé de la victime, lequel était d'un diamètre bien inférieur.

— Décédée depuis plusieurs heures, déclara-t-il.

— La porte de son cottage était ouverte, nota la demoiselle qu'on nous avait adjointe pour assurer, je pense, le service « cul » de notre expédition.

— Ce qui indiquerait que son meurtrier était pressé de repartir, conclus-je.

Le perroquet crut opportun de lancer une invective à l'encontre de la famille royale britannique, poussé par un sentiment de rancune probablement, car les modistes œuvrant pour le palais de

_____

1. Ou autre marque, je m'en fous, mes citations sont gratuites.

Buckingham sont responsables d'une surconsom-
mation de leurs plumes.

Un gamin noir se tenait dans l'encadrement de
la porte et nous considérait avec intérêt.

Il devait avoir cinq ou six ans et je le trouvai
beau.

Je m'avançai pour lui cacher la morte. Il se mit
à réclamer je ne sais quoi dans un dialecte que je
n'aurais pas le temps d'apprendre avant qu'il eût
passé sa licence d'anglais.

Il mettait une certaine véhémence dans ses propos.

— Que dit cet enfant ? demandai-je.

L'agente pompeuse entreprit de communiquer
avec le petit mâchuré. Ce môme possédait l'assu-
rance et du bagout.

— Il déclare qu'un vilain homme a fait du mal à
mamie Ferguson.

— Essayez d'en savoir davantage.

La pourlécheuse de braques reprend son inter-
view. Elle est douée pour les langues, décidément.
Accroupie devant le gentil morbach, elle lui cause
dans le style grande sœur. Le chiard y va au bara-
tin, sa main potelée joue avec la chaîne d'or que
notre consœur porte au cou, manière comme une
autre de lui frôler les nichebars. La sexualité
s'épanouit tôt en Afrique. A huit piges, les filles
sont déberlinguées et les garçons caracolent de la
tête de nœud !

Lorsque l'entretien cesse, elle a sa provise de
renseignements, *Fräulein* Machinchouette.

– Ce gosse assure que, pendant l'heure de la sieste, une Jeep est arrivée. Deux des trois hommes se trouvant à bord sont entrés.

– Des Noirs, des Blancs? coupé-je.

– Un Blanc et un Noir. Le gamin a voulu s'approcher du cottage, mais le chauffeur noir lui a crié de disparaître. Le petit a pris peur, il est allé se cacher derrière le bungalow d'en face. Les visiteurs sont restés assez longtemps chez la dame. A un certain moment, cette dernière a hurlé qu'ils lui faisaient mal... Lorsque ces gens sont repartis, ils emportaient une valise de raphia. La Jeep a démarré immédiatement.

Elle se tait et caresse la tête frisée de notre jeune témoin.

– Ensuite? l'encouragé-je.

– L'enfant a rendu visite à mamie Ferguson et l'a découverte inanimée sur le tapis. Alors il est reparti.

– Il n'a pas eu l'idée de donner l'alerte?

– Il a cru qu'elle cuvait une solide cuite, ce qui arrivait à peu près chaque jour; il est allé jouer ailleurs.

– La vie est là, simple et tranquille, verlainé-je. Vous ne trouvez pas étrange que ces tueurs aient opéré une descente chez la mère-grand précisément le jour où nous y venons?

L'Allemande hausse les épaules pour marquer l'évasiveté. L'est perplexe, la donzelle aux sens survoltés, voire soucieuse.

– N'y aurait-il pas des fuites dans vos services? suggéré-je.

Elle ne répond pas.

Je me garde d'insister. C'est le Négus qui s'en charge.

Il dit :

– Cette femme vivait en paix. Nous décidons de la questionner. Illico un commando débarque chez elle et la trucide. Puis s'en va en emportant une valdingue. Cette action donne l'impression qu'on a voulu nous couper l'herbe sous les Pataugas, non ?

– C'est indéniable.

– Qui était au courant de notre venue imminente ? reprend l'homme en négatif. Vous, miss, Julius Schaub votre chef, et son auxiliaire Otto Rhinaüs. Il est donc probable que l'une de ces trois personnes en a informé des gens à la moralité évasive, lesquels nous ont pris de vitesse pour rendre visite à la vieille. Ils lui ont dérobé quelque chose qui devait représenter un intérêt certain.

Béru en profite pour ramener ses deux cent soixante livres (et ce ne sont pas des sterling) dans notre espace vivable (excepté pour la pauvre mère Ferguson). Il bâille, voit le cadavre et demande en grattant la peau de ses testicules dont tu pourrais te confectionner un anorak fourré :

– L'est clamsée ?

– Un peu, sur les bords.

– On l'a aidée ?

– Tu veux dire qu'on lui a mâché le travail.

– Étranglation ?

– Non ; du contondant sur le cigare. Sa cervelle doit faire de la purée.

– Elle ressemblait à Mémé Bérurier, sauf qu' mémé avait un goitre comme si qu' son cou aurait été enceinte. A Saint-Locdu, les mamans disaient à leurs chiards qu' si y s' tenaient pas tranquilles, la Bérurière viendrait les manger, c' dont je trouve pas ça délicat ; d'autant qu' mémé pouvait guère bouffer d' bidoche : y avait pas plus d' dents dans sa bouche qu'dans l' derrière d' not jument. Les ceuss qu'ont zingué la vioque, tu croives qu'y l'ont violée ?

– Pourquoi cette question, messire ?

– C'est pas sa culotte qu' j'aperçoive ent' ses genouxes ?

Stupéfaits, nous regardons les braies de la malheureuse (ainsi qu'on dit puis à Bourgoin-Jallieu). Pudiquement, nous les avions évitées. Mais Bibendum est là. A qui rien de ce qui est humain ne reste étranger.

Le voilà qui s'agenouille auprès de la défunte et lui soulève la jupaille. Il a dit vrai, l'Enfoiré : sa grande et chaste culotte de coton lui a été descendue à hauteur des genoux. Le Mammouth continue de la trousser, nous dévoilant des cuisses d'un blanc malsain, parcourues de veines exotiques et agrémentées (!) de verrues, boutons, grains de beauté et autres plaques velues comme de la peau de chenille.

– A quoi rime cette profanation ? questionne Jérémie Blanc qui a subi la bonne influence des missionnaires pleins de rigueur.

– J' cherche quéqu chose, évasive mister Grolard.

Il remonte fermement les cotillons de la vieillarde clamsée. Il met à jour sa pauvre cressonnière gris pâle, son ventre bleuâtre, hautement écœurant, des cicatrices d'opérations anciennes. Nous ne regardons plus car c'est trop *too much*, trop navrant, trop gerbant.

Le Mastard émet alors le cri de la mortaise recevant son tenon.

— La v' là c' dont j' cherchais ! clame-t-il.

Et de nous désigner une ceinture de toile posée à même la peau de la défunte. Elle est large de huit centimètres environ et comporte deux goussets au niveau des hanches. Le rabat desdits ferme à l'aide d'un gros bouton-pression. Le Sagace coule deux doigts en pince de langouste [1] dans les réticules, n'y trouve rien et, résigné, produit avec ses lèvres arrondies le même bruit que la reine mère fait avec son vieux cul quand elle a trop bouffé de panse de brebis farcie.

— Faut pas rêver ! soupire-t-il. N'en tout cas, c'est ça qu' les gaziers est v'nu quérir.

Nous ne pouvons nous défendre de lui accorder un regard bourré d'admiration.

— Ils ont pris le contenu de ces petites poches, plus autre chose qu'ils ont emporté dans une valise d'osier, complété-je.

— Troublant, soupire *Fräulein* Dübitsch.

Juste pour avoir l'air de proférer quelque chose. Ma pomme déteste qu'on jacte pour ne rien dire.

Le Noirpiot, plus prosaïque, demande :

---

1. Trouvez l'erreur.

— Alors ?

— Alors quoi ? rétorqué-je, non sans agacement.

— Que décides-tu ?

Cette question directe, voire abrupte, dirait un alpiniste, m'est salutaire puisqu'elle me contraint à décider. Quand on est chef, c'est ce qu'il y a de duraille. L'hésitation nuit au prestige, te met en porte-à-faux. Vaut mieux se gourer en ayant l'air sûr de soi que de tergiverser avant d'agir correctement.

— Attendre et voir venir ! laissé-je tomber. J'ai aperçu une espèce d'hôtel dans le patelin : on peut y descendre quelques jours.

15

Drôle d'hôtel.

Et drôle d'hôtelier.

Magine-toi une ancienne église catholique transformée. On l'a divisée en deux dans le sens de la hauteur, sans toucher à sa structure extérieure, laquelle est en bois de cunnilingus. Le rez-de-chaussée comporte la réception, la salle à manger et l'appartement du taulier, tandis que le premier a été partagé en huit chambres d'égales dimensions.

Comme l'église a été décultée à la suite d'un ouragan ayant ravagé clocher et toiture, on a remplacé ces éléments essentiels par un dôme de Plexiglas qui donne une totale luminosité aux pièces, mais les prive d'obscurité.

Quant à l'hôtelier, il est chinois de père en fils. C'est un grand zig à la gueule tout en bouche, aux cheveux épais et huileux, tirés en arrière. Il porte un pantalon de soie noire et une espèce de casaque jaune décorée d'un dragon dont la frime ressemble à celle de Michou Rocard évoquant ses folles heures d'intimité avec le président Mitterrand.

Il nous attrique quatre chambres qui font songer à ces maisons de poupée vues en perspective plongeante. Elles sont formellement identiques. Leur ameublement se compose d'un lit d'hôpital (acheté d'occase par le maître des lieux), d'une armoire métallique comme on en trouve dans les vestiaires d'usine, d'une table en bois blanc flanquée d'un tabouret de paille.

Mister Chian-Li, l'aubergiste, nous mijote bientôt un riz complet cuit dans des feuilles de lotus avec de l'animal mort que je suppose appartenir à l'ordre des vertébrés à sang chaud et à température constante, ainsi que des mangoustes caramélisées, le tout arrosé d'un vin du pays qui ne te ferait pas oublier un château-l'angélus mais que tu préférerais à des boissons gazéifiées et saccharinées.

Ce festin perpétré, une sieste est décidée. Elle est incontournable dans ce pays. Mes compagnons montent pour le sacro-saint repos du guerrier, cependant que je demande audience à notre hôte.

Contrairement à la plupart des gens sottement racistes, j'aime beaucoup les Jaunes. Ils possèdent le mystère des êtres dont on n'aperçoit pas les yeux, aucun regard ne rend compte de votre sottise ni de votre suffisance (voire de votre insuffisance). Comme en général ils arborent un sourire de grande affabilité, vous finissez par baigner dans une courtoisie rassurante.

Mister Chian-Li consent à s'asseoir en face de moi après que je l'en ai prié à coups redoublés.

Il faut être chinois pour tenir un hôtel dans un tel bled. A voir certains commerces asiates, on se demande s'ils sont ouverts pour faire pénitence ou pour préparer au néant. Je sais des restaurants aux enseignes du *Dragon Moncul* de *La Bistougnette de Jade* où nul client ne s'est jamais fourvoyé.

– Monsieur Chian-Li, commencé-je, sans ambages ni emphase, mes compagnons et moi-même sommes attachés à une organisation chargée de retrouver des gens dont la disparition génère quelques troubles graves dans certains compartiments de la société.

J'extirpe une carte de la S. C. D.E.F.M.O.Z.O.B qui passait par ma poche pectorale en compagnie de pastilles du même nom et la lui présente. Il y porte les deux trous de bite lui tenant lieu de regard et me la rend avec un acquiescement non négligeable.

J'extrais alors de mon autre fouille une liasse de billets verts dont il ne peut ignorer que ce sont des U.S. dollars de cent points et entreprends d'en dégager une dizaine.

Ce prélèvement opéré, je les pousse vers lui.

– Pourquoi ? me demande-t-il dans un anglais qui accentue la brièveté de la question.

– A titre d'acompte, réponds-je flegmatiquement.

– Vous voulez prendre pension chez moi ? En ce cas c'est beaucoup trop.

– J'ai besoin de votre collaboration, misteur Chian-Li. Rassurez-vous, elle restera très passive.

— Mais...

Je lui présente un plat de main vertical, parcouru de lignes chargées de raconter mon fabuleux destin.

— Empochez et écoutez-moi !

Dominé, il pose sa paluchette sur les talbins, kif je le fais sur le pubis d'une femme aimée, et l'y laisse.

Envisageant son geste comme un début d'acceptation, je me lance :

— Vous résidez à Keelmanshop depuis combien de temps, cher ami ?

— Neuf ans.

— Parfait, alors vous avez connu l'homme qui m'intéresse.

— Comment s'appelle-t-il ?

— Toutanski. Il logeait chez la mère Ferguson, à quelques centaines de mètres de là.

Mon guignol chamade quand je le vois spontanément acquiescer.

— En effet, déclare le Chinago. Il a habité cet hôtel lorsqu'il est arrivé à Keelmanshop.

— Longtemps ?

— Une huitaine. Ensuite la vieille lui a sous-loué une chambre. Il l'a connue ici même. A l'époque, elle sortait encore pour venir boire chez moi. Mais cela fait deux bonnes années qu'elle se soûle à domicile.

— Bon ami, déclaré-je d'un ton ému, vous venez de gagner vos mille dollars et pouvez d'ores et déjà les empocher car je remets le compteur à zéro !

Il rafle prestement mes talbins comme s'ils lui appartenaient depuis toujours.

– On continue pour les mille suivants ?

Regagnant ma chambre, je constate que celles de Jérémie Blanc et du Mastard sont vides. Par contre, ils sont trois chez Gretta. Ils dorment, anéantis et poisseux, car la séance a dû être rude. Le lit-cage s'étant avéré trop exigu pour héberger une partouze, ils gisent sur le plancher. Les messieurs sont pratiquement à loilpé (Béru a conservé son maillot de corps pareil à un filet de pêche ravaudé), la grande prêtresse de l'amour a mis un porte-jarretelles noir et des bas aux jarretières fleuries. La pine à Béru est alanguie comme un boa constrictor abîmé dans une digestion interminable. Une bulle de foutre irisé pare sa coupole identique à celle du mont Palomar.

Devant cet exténuement général, je ne puis que me retirer dans mes appartements.

En traversant l'étroit couloir, je réagis à une sensation de présence. Rien de plus agressant qu'un regard collé à toi. D'instinct, je me dirige vers le fond. J'aperçois, ce faisant, une porte très légèrement entrouverte qui se ferme. Lorsque je l'atteins, elle est close. Avec un rien d'impudence, j'en saisis le loquet et j'ouvre.

Une piaule pareille à toutes les autres.

J'avise, collée au mur d'en face, une jeune Asiate effarouchée. Difficile d'apprécier son âge. Ces Jaunassous ressemblent tous à des enfants même quand ils touchent la retraite des vieux.

L'être craintif que je découvre rappelle un petit rongeur des bois terrorisé par un gros vilain rapace.

— Bonsoir, lui susurré-je-t-il en anglais.

L'adolescente (car je crois fermement que c'en est une) me hoche la tête pour un furtif bonjour.

— Vous êtes la fille de mister Chian-Li ?

Elle dénègue.

— On dirait que vous avez peur de moi ? fais-je avec une telle bonté dans l'inflexion qu'en comparaison de mézigue saint Vincent de Paul évoquerait un bourreau serbo-croate.

Et de lui adresser un sourire qui a déjà contraint à l'essorage bien des slips féminins.

Du coup, elle risque à son tour un retroussis de lèvres.

Je referme la porte et vais obstruer mon orifice sud avec « le » tabouret.

— Quel est votre nom ? hasardé-je.

— Shan-Su.

— Si vous n'êtes pas la fille de mister Chian-Li, alors qui êtes-vous ?

— La sœur de sa femme.

J'avise des chinoiseries sur les murs et, accroché au lit, un caleçon d'homme ; et puis, posé sur une petite table de laque rouge, un nécessaire pour l'opium. La pièce est du reste imprégnée de cette odeur douceâtre.

— C'est vous qui fumez ? m'étonné-je.

Elle secoue négativement la tête.

— Votre beau-frère ?

Elle acquiesce.

Je la visionne attentivement. Tu sais qu'elle est mignonne avec son côté petite souris mouillée ? J'ai idée que le gargotier pratique dans cette chambre le délassement du cuistot. Il doit fumer une pipe en s'en faisant tailler une. Son coin de paradis terrestre ! On a chacun le sien.

— Il vient tirer sur le bambou le soir ? demandé-je.

— Non, pendant la sieste.

— Il a raison : c'est davantage voluptueux. Votre sœur est au courant ?

— Elle est morte.

— Il y a longtemps ?

— L'année dernière. Un serpent venimeux l'a mordue au doigt pendant qu'elle ramassait des zifous. Elle a cru s'être piquée avec une épine, mais sa main a enflé, est devenue bleue et elle a péri d'étouffement.

Sa voix, je veux pas faire de la poésie-branlette pour dame du Prix Monchibre, mais c'est comme un air de pipeau la nuit, près du ruisseau, avec des vers luisants dans les prés...

— Et depuis lors, vous la remplacez ? questionné-je sans ironie.

Un nouveau silence. La gentille Shan-Su continue de braquer sur moi son regard oblique.

— Quel âge avez-vous ?

— Seize ans.

Dis donc, il a pas peur de mettre la barre trop haut, le beauf. Note que de nos jours, si tu

rencontres une même de quatorze ans pas encore
déberlinguée, c'est qu'elle a des instincts saphi-
ques ou qu'elle est hémiplégique. Pourquoi cette
ado m'excite-t-elle ? Parce qu'elle me rappelle
vaguement Marie-Marie à cet âge ? La vie, c'est
comme les figues de Barbarie ; ça vous laisse
longtemps des piquants dans la viande. Je ne me
lasse pas de son minois. Frime de marsupial. De
sarigue, plus précisément. Tu sais, ces bestioles
qui charrient leurs petits sur le dos. Ceux-ci
s'accrochent avec leurs queues à celle, retroussée,
de leur maman. Ça forme une lyre vivante.

Merveilleuse nature ! Et au début y avait rien !
De l'eau, des cailloux. Et maintenant on est tous
là : le pape, la collection de La Pléiade, l'Empire
State Buildinge, le gruyère râpé, la langouste à
l'américaine, Robert Hossein, la bombe atomique,
le souvenir d'Audiard, les *Lettres persanes*, ma
grosse bite, le thermomètre à mercure, les cons, la
Formule I, le chômage, la capote anglaise, la
Petite Musique de nuit, le chien Rintintin, le chewing-gum pour les vacants de la pensarde, les
galettes de Pont-Aven, ton trou du cul mal torché,
celui de la Queen à frisettes, le maréchal Ney-à-la-
gueule-épargnée, les vins du Postillon, les vains
du postillon, le Trans-Europe-Express, la caverne
d'Ali-Baba, la caserne d'Amin Dada, le piaf qui
me regarde débloquer, et cette petite Chinetoque
effrayée qui se fait tirer par son beauf parce qu'il
est veuf et a les glandes enflées.

Je lui tends la main.

Elle hésite.

– Viens ! lui dis-je en français.

Elle ne comprend pas ce dialecte dévoyé de l'argot, pourtant elle s'avance, comme les martyrs s'approchaient de l'exécuteur.

Je la cueille doucement par la taille.

Elle sent tout drôle. Y a des pompeux qui affirmeraient que c'est le musc. Cons de cons, va ! T'en renifles souvent du musc, ta pomme ? Non, hein ? Seulement ça fait bien. Y en a bon, Dunœud-la-joie ! Faudrait créer des réserves à incervelés ! Les y parquer. Ça ne les empêcherait pas de se reproduire, bien sûr, pourtant on circulerait plus librement dans l'existence. Tu ne m'interdiras jamais de rêver. Sans l'imaginaire, je tomberais, deviendrais débile profond.

Elle reste apeurée kif elle serait chez le dentiste pour la première fois, son petit dargif posé au bord de mes genoux.

Que ferais-tu à ma place ? La main baladeuse sur son michier ? Tu lui gagnerais l'entrecuisse en bisouillant son cou délicat ? Elle percevrait ta grosse bêbête-qui-monte par la brèche régulière de sa raie culière ?

Bien sûr.

Tout ça, fais-moi confiance, j'y pense, et mon arbalète se tend. Pourtant je réfrène. C'est comme un cadeau que je m'accorde. Je ne savais pas quoi m'offrir pour mon annif ; ben voilà, c'est ça.

Je la refoule doucettement des deux mains et de ma tête de nœud.

– Je te laisse dormir, petite fille. Nous nous reverrons demain.

Toujours son impassibilité. Son menu sourire à la fois poli et désenchanté. J'effleure sa tempe des mes lèvres.

Elle a un singulier parfum. Elle sent...

Peut-être le musc, après tout ?

16

Mauvaise dormissure. Trop chaud. Ici, la climatisation, fume !

Sur le matin, les bestiaux d'à côté se réveillent. L'un deux, du moins, qui boute le sommeil des autres. La *Fräulein* Gretta retrouve dard-dard ses lubricités et communique sa folie sexuelle à ses matous. Ça repart dans les turpitudes. Cette frangine, je te parie le bâton du défunt maréchal Pétain contre un bâton de réglisse qu'elle est nympho à camisoler. Comment font-ils pour la garder aux services de sécurité namibiens ? A-t-elle en charge les bites des mecs venus de l'extérieur ? Une manière originale de les annexer. Peut-être que ça constitue une partie de ses occupations, la sur-crampe batifole ? Quand t'as bien léché les roustons d'un gazier, il a tendance à se montrer courtois.

Décidément, j'aurai rencontré de curieuses créatures au cours de ma carrière. Note que les frappadingues tu les trouves partout. Tu les côtoies sans t'en rendre compte. Ils passent,

sinoqués à outrance, tu n'y prêtes pas attention. Y
a que lorsque tu marques une pause en leur
compagnie que tu découvres l'araignée qui tisse sa
toile dans leur encéphale, entre l'hypothalamus et
le plexus choroïdien. A la longue, ça ne veut plus
rien dire, un jobastre de plus ou de moins, c'est
tout pour l'équarrissage final. Nous finissons par
rendre notre uniforme à la terre qui nous a produits.

Je fous le méchant oreiller sur ma tronche afin
d'assourdir le vacarme de leur copulation. Pourquoi ont-ils besoin de hurler qu'ils baisent, les bai-
seurs ? Pas de quoi en chier une horloge. Les clé-
bards aussi s'envoient en l'air et c'est le seul
moment où ils n'aboient pas.

Enfin la séance cesse et je peux roupillonner.
Toujours inexplicable, le sommeil. Tu échappes à
tout. Quelque chose d'essentiel prend la tangente,
va faire la pensée buissonnière à ton insu. Ça te
laisse des particules de rêves auxquelles tu
cherches à donner une signification. Seulement
t'es pas de taille : il te manque la vraie clé des
songes. De toute façon, on s'en fout, hein ? C'est à
évacuer avec le reste, c'est-à-dire nous.

Je remonte à la surface après un intermède de
semi-néant. Mes esprits sont laguches qui me veillaient. Me semble percevoir un léger bruit. Une
promesse de jour blanchit la verrière, au-dessus de
moi. Cette pâle clarté me permet d'apercevoir une
forme recroquevillée sur le plancher. Stupeur ! Il
s'agit de la mignonne Shan-Su.

Ne l'ai pas entendue surviendre.

Dressé sur un coude, je contemple ce petit être abandonné dans une provisoire inconscience. Franchement, il existe des Cosette sous toutes les latitudes.

Les mystères des échanges muets jouant, elle vient me rejoindre sur le sable fin de la réalité, comme l'écrit majestueusement une dame de mes relations, romancière dans les supermarchés...

– Quel merveilleux ange gardien ! lui roucoulé-je.

Je réalise qu'elle est probablement confucianiste ou un machin de ce genre et que, pour elle, les anges : « tiens, chique ! ».

Je remonte un bout de drap sur ma nudité afin de camoufler Pépette en danseuse berbère et lui fais signe de venir.

Ne se le laisse pas dire à deux fois.

Hop !

La jolie nubile ! Ne porte en guise de vêtement de nuit qu'une chemise sans manches qui lui arrive au-dessus des genoux. Et rien d'autre, crois-je opportun de te confirmer.

Elle s'allonge à mon côté dans le lit dont le sommier prend de la gîte et appelle au secours.

Mes bras poulpiens se referment sur elle. Je sens battre son petit cœur dans sa poitrinette.

Ses nichebabes ? Deux moitiés d'abricot. Joli amour presque enfant, infante, en tout cas ! Non pas d'Espagne, mais de Chine. Ma main ? Elle peut s'en confectionner une couverture. Étalée sur son bas-ventre elle habille complètement sa partie sud. Son sexe est menu, pauvrement équipé d'une barbichette de bonze pubère.

C'est ainsi que Roland épousa la belle Aude.

Je trique, certes, comment en serait-il autrement ? dirait Mme la comtesse de Paricilasortie. Me garde de la bilboquer. Un panais de ce module dans une fente si étroite que tu ne pourrais y faire passer la rosette de la Légion d'honneur, et encore moins celle de Lyon ! Me contente de le lui placer délicatement entre les jambes afin qu'elle acquière des rudiments d'équitation.

Une chouette félicité m'entreprend. Je passerais plusieurs semaines dans cette posture. Je chuchote des choses mouillées dans ses éventails à libellules. Comme quoi elle est l'ado la plus adorable que j'aie rencontrée et que, tiens, pour marquer mon intérêt, je vais lui faire le coup du « taille-crayon » sur les embouts. Ça paraît la sensibiliser, ne s'en lasse point. Et la « minouche frivole », dis, elle la connaît la « minouche frivole » interprétée sur l'air du Tralala ? Pas mal, hein ? Toute ma panoplie préambulaire, j'y sors, à la douce Shan-Su. Elle n'a pas de réaction tapageuse, mais à ses frémisseries profondes, à la manière qu'elle plante ses griffes dans mes omoplates, je sens que je remplis ses vœux les plus secrets.

Je la pratique longuement. On entend chanter les coqs dans le quartier, ronfler les premiers vélomoteurs, braire les ânes de labeur, glapir des télés d'hémisphère Sud. La vie reprend.

Je viens de lui commencer le « médius médian », avec, en accompagnement, la « languette oriculaire », aimable combinaison qui n'a jamais laissé une petite chérie indifférente, lorsque la porte grinçante de ma chambre s'ouvre discrètement.

Malgré mon affairement, je guigne en direction de l'huis et avise mister Chian-Li dont l'impassibilité tout asiatique est impressionnante.

Surprenant mon regard, il m'adresse une courbette de mandarin curaçao, puis dit d'une voix onctueuse de prélat italien :

– Vous devez venir avec moi immédiatement, Shan-Su.

La môme sursaille, tressaute, comme je dis puis en chaque occasion, bondit du lit et court jusqu'à son tonton.

Ils sortent.

My apple, mécontent de cette fâcheuse autant qu'intempestive intervention perturbatrice, se délite et, pieds nus, ma bitoune dirigeant les chœurs de la Chapelle Seventeen, déboule dans le couloir à l'instant où claque la porte de la jouvencelle.

J'y cours, les baffles pivotantes. Ce que je pressens se produit : des coups pleuvent. Et il y va de grand cœur, le tonton ! Comment fait-elle pour ne pas crier sous cette grêle de horions, ma jolie canarie ? Quel stoïcisme !

Heureusement que les portes ne comportent pas de verrous, ça m'évite de les enfoncer. Je pénètre

en trombe d'Eustache chez Shan-Su. Elle se tient
debout devant son plumzingue. N'a pas un geste
de protection pour tenter d'amortir les gnons de
l'onclâtre. Ce fumier frappe de toute sa force.
Avec les poings, siouplaît. Il lui a arraché sa che-
misette et martyrise ce menu corps d'ado mal
nourrie. Il cogne sur ses hanches, sur ses bras, ses
petits seins de fillette. Je constate que sa chair est
couverte de bleus anciens, d'ecchymoses qui n'ont
pas eu le temps de cicatriser. Une honte ! Une
abjection !

Je fonce sur ce salaud, le pirouette, lui en place
un à la pointe du menton, puis deux autres sur
chacun de ses yeux bridés et le finis d'un coup de
boule sur son pif déjà épaté au départ. L'assai-
sonnement intégral !

Chian-Li s'écroule aux pieds de sa victime. Par
agacerie, j'ajuste un shoot pénaltyen dans son
aumônière à roustons. Ce qui le termine recta.

La darlingue regarde la scène sans réagir. Mon
cœur se serre devant une telle résignation ; mais
qu'ont donc les martyrs pour accepter leur sort si
passivement ?

Je l'attire contre ma poitrine gauloise.

– N'aie plus peur, petit amour jaune, lui
susurré-je dans la plus belle langue du monde :
celle de San-Antonio. Réunis tes affaires si tant
est que tu en possèdes et suis-moi. Tu dois avoir
des papiers d'identité : prends-les ! Tu ne revien-
dras jamais chez cet homme odieux.

Sa méconnaissance du français fait qu'elle ne

bronche pas. Alors, je traduis en anglais et je vois deux larmes couler sur ses joues. Elle aurait trois yeux, y aurait trois larmes, compte tenu de son trouble.

Un merveilleux élan l'incite à s'oblitérer contre moi. Qu'est-ce que je débloque : c'est l'émotion, je voulais dire à se blottir contre moi. Son cœur bat la chamalière, comme l'écrit le bon président Giscard dans son roman d'amour dont je me rappelle plus de quoi ça cause, mais franchement c'était extra !

La gosseline s'empare d'une valise carrée sous le plumard et, lentement, docilement, se met à y fourrer quelques pauvres vêtements.

Que, sur cet entrefaites, tonton revient de sa croisière dans les quetsches. Tu dirais un masque chinago représentant un crapaud, tellement ça proémine à l'emplacement de ses lotos.

Il observe, tant mal que bien, les mouvements de sa nièce. Lui pose une question dans leur langue personnelle. Je crois comprendre : la petite lui explique que je l'emporte. Il répond qu'il va déposer plainte contre ma pomme pour détournement de mineure.

Je lui cloue le bec en déclarant que je le ferai arrêter ce matin même pour violences et viol sur ladite, preuves à l'appui, et que, sa peine purgée, on le réexpédiera dans sa Chine millénaire où il pourra apprendre à bouffer la chaglatte des demoiselles avec des baguettes.

Du coup, il cesse ses récriminations. La gosse

ayant achevé son balluchon, récupéré son passe-
port et la photo de sa défunte sœur, me prend par
la main dans un touchant élan de confiance.

Nous sortons, moi toujours aussi nu qu'un œil
de verre dans un bol de désinfectant nocturne, au
moment même où Bérurier hèle le taulier à pleine
vibure pour réclamer son petit dèje, à savoir : une
bouteille de vin du Cap avec des croissants, ainsi
que des œufs au lard frit.

J'annonce au Gravos que nous ferons bombance
ailleurs.

17

Conseil de guerre.

Il en faut : c'est bon pour la mise en ordre du présent et la préparation du futur.

Nous sommes réunis dans un café de la localité. L'établissement a un air vaguement « Angleterre coloniale ». Il est géré par une grande rouquine de soixante balais, à la peau blanche, sur laquelle se développe une voie lactée couleur de rouille. La dame a la poitrine en intaille, le regard albinos, le bec-de-lièvre pareil à un cataphote de vélo, la peau des jambes semblable à des bas mal tirés et des cors aux pieds en forme de tubercules.

Ses *eggs and bacon* sont savoureux, son caoua chargé comme la voiture à bras d'un réfugié, et les bouteilles de vin blanc qui succèdent, très fructifié, aux dires du Gros qui voulait probablement dire fruité.

La gentille Shan-Su fait partie de notre groupe, mais reste sur sa réserve de « demoiselle du Couvent des Oiseaux » au parloir.

Le crachoir est à moi :

— Avant de cirer la gueule de ce con d'hôtelier, j'ai eu, hier soir, une converse avec lui. Il
m'a appris une foule de choses concernant Toutanski. Il paraît que, lorsqu'il eut quitté l'hôtel
pour le cottage de la vieille, il est devenu son
amant.

— L'aimait jouer aux osselets ! ricane le Mammouth, réputé cependant pour ne pas chipoter
sur l'âge de ses conquêtes. (Je l'ai vu tirer des
ancêtres privées de leur mobilité, sous prétexte
que les pipes d'édentée sont les plus satis-
faisantes.)

— D'après le tonton de la petite, il terrorisait
la mère Ferguson ; mais ce retinton d'amour
vache la comblait. Au bout d'un certain temps,
il a sympathisé avec des hommes qui travail-
laient à la mine.

— Mine de diamants ? interrompt Gretta.

— Non, d'uranium, vous le savez bien.

Un silence quasi religieux.

— Nous y voici ! lâche le Bronzé.

— En effet, admets-je. Les « copains » du
Polak, au nombre de quatre, hantaient l'établissement du Chinois et y amenaient des putes
de la région. Toutanski s'est arrangé pour se lier
avec eux. Il leur payait force whiskies et parfois
à bouffer. Il organisait des partouzes chez la
Margaret. Cette dernière était allemande malgré
son nom qu'elle devait à un mari depuis longtemps disparu. L'amitié de Nautik avec les

mineurs a duré plus d'un an ; ils avaient constitué une petite bande d'inséparables. Dès que les
gars rentraient du boulot, ils débarquaient chez
mémère et faisaient bombance. Il y a cinq ans,
la vieillarde n'était pas aussi déjetée qu'au
moment de sa mort. Elle te vidait les burnes et
les bouteilles avec une goinfrerie d'ogresse.

— Et alors ? me presse *Fräulein* Dübitsch que
les questions de fesses passionnent.

— Sa maison est devenue un objet de scandale
dans ce patelin. On ne la fréquentait plus et les
commerçants lui tiraient la gueule. Mais elle se
foutait du qu'en-dira-t-on. Sa vie s'achevait en
feu d'artifice, dans une fête permanente basée
sur le cul et l'alcool.

— Un velours ! s'exclame ce jouisseur infâme
d'Alexandre-Benoît.

— Un jour, on ne sait trop pourquoi, car il
semblait posséder pas mal d'argent, le Polonais
s'est engagé à Crakburn. Il travaillait dans les
bureaux et s'occupait du personnel. D'après mes
renseignements, il y serait resté plus de trois
mois.

Je silencieuse un chouïe : mettre mes idées en
faisceau.

— Ensuite ?

— Peu après son séjour à la mine, l'une des
plus importantes du monde, il s'y est produit un
vol qui, depuis lors, empêche de dormir une
foule de gens initiés. Une grosse quantité d'uranium a disparu. Un concours de circonstances

avait amené les responsables à le stocker, ce qui était tout à fait contraire aux habitudes, mais des pourparlers concernant le dispatching de ce métal dans différents centres internationaux traînaient en longueur. Lorsque enfin les dispositions furent arrêtées, on constata qu'il ne restait absolument rien de la terrible matière. L'alerte rouge fut décrétée. Je ne vous raconte pas le branlebas qui s'ensuivit avec les Services secrets des nations occidentales sur le pied de guerre ! Il y eut une colossale enquête. On mit sur le gril tous les gens de la mine, depuis le directeur jusqu'au dernier manar : zob ! Le mystère demeura intact, ou presque. La seule chose que les policiers purent établir, c'est que le vol fut réalisé par quatre employés que l'on devait découvrir abattus à coups de fusil quelques jours plus tard. Leurs corps gisaient dans un ravin où les bêtes carnassières les avaient à moitié dévorés.

— Les copains du Polonais, je gage ? demande Jérémie.

— Exactement !

— Et le Polak ?

— Il avait quitté l'exploitation un mois auparavant afin de regagner l'Europe. Effectivement, on a retrouvé sa trace dans un hôtel de Berlin où il séjourna quatre jours.

— Donc, fait *Fräulein* Dübitsch, il n'a pas été inquiété ?

— Non, mais avec l'aide de nos confrères

britanniques, je suis parvenu à établir que l'aventurier avait pris un avion à Copenhague pour l'Afrique du Sud l'avant-veille du vol. Il a voyagé sous une fausse identité. Au Cap, il a emprunté une ligne régulière pour Windhoek, si bien qu'au moment du coup de main il pouvait être à la mine. Ma conviction est QU'IL Y ÉTAIT et qu'il a dirigé les opérations avec son brio coutumier. Aussitôt après, il a liquidé ses complices et a disparu sans laisser de trace.

— Et la camelote ? s'enquiert le Pertinent. Tu croives qu'y le la emportée av'c lui ensuite ?

— Impossible ! Les containers de plomb, même vides, sont intransportables par un seul homme.

— Et alors, Nestor ? fait le Gros avec sa goguenardise *made in* Saint-Locdu-le-Vieux, son village natal autant que normand.

— Une certitude s'est lentement forgée en moi : je crois que la cargaison n'a jamais quitté ce pays.

— Vraiment ? égosille Gretta Dübitsch.

— Je ne vois pas d'hypothèse plus valable. Sitôt que le vol a été découvert, le pays s'est trouvé en état de siège. On l'a exploré avec un déploiement de moyens extraordinaires. Or jamais la moindre trace d'uranium n'a été relevée. Nulle part on n'a signalé de chargement suspect. A croire que les containers se sont désintégrés. J'en suis arrivé à la conclusion que, immédiatement après l'enlèvement des caissons plombés, Toutanski est allé planquer ceux-ci dans une cache préparée à l'avance avec l'aide de ses acolytes.

« L'endroit doit être astucieux, peut-être inexpugnable ; de tout repos, en tout cas. Sitôt l'uranium hors d'atteinte, il a liquidé son équipe, parce que la plus élémentaire prudence l'obligeait à le faire. AUCUN TÉMOIN ne devait subsister, sinon tout était compromis. Ce type connaissait les hommes ; il n'ignorait pas que personne n'est fiable longtemps ; tôt ou tard, l'un de ses complices, alléché par quelque forte prime, se mettrait à table. Alors il a fait place nette. Et il est parti ailleurs en attendant... »

— En attendant quoi ? demande Jérémie Blanc.

— Que le temps « fasse son œuvre », comme écrivent les pompelards de la plume. Que le calme revienne et que les intéressés finissent par tirer un trait sur la cargaison volatilisée. Il se savait à la tête d'une colossale fortune, avec un tel butin. Plus les années passeraient, plus il aurait les coudées franches pour effectuer des tractations juteuses. Une nature ! On pourrait faire un sacré film avec ses tribulations !

Elle semble vachement rêvasseuse, Gretta, à l'écoute de ce récit. Sa caberle fait le Tampax saturé. Ça se bouscule dans sa musette à idées...

Jérémie murmure :

— Tu expliques comment l'intervention des gars qui ont zingué la vieille, hier ?

— Je vous le répète : on a voulu nous prendre

de vitesse. Lorsque les Services secrets de Namibie ont su notre reprise de l'enquête si longtemps après le vol, ils ont décidé de nous couper l'herbe de la savane sous les pieds : d'où cette expédition au domicile de Margaret Ferguson. C'est pourquoi ils ont questionné la vieille, l'ont butée, puis ont emporté des choses susceptibles de leur être utiles. La loi de la jungle ; n'est-ce pas, *Fräulein* Gretta ?

Elle hausse les épaules et se drape dans un mépris flétrisseur.

– Naturellement, vous me soupçonnez ? fait-elle.

– Naturellement ! répété-je en écho [1].

---

1. Toujours, dans mon genre de vice-sous-littérature, les interlotrouduculteurs « répètent en écho ». Cela est incontournable, il faut l'accepter !

18

Je lui propose une autre tasse de caoua, mais elle refuse :

– Sans façon : je lui trouve un drôle de goût.

– Y a rien de plus pernicif que le café, décrète Sa Majesté bedonnante ; moive, si j' m' écoutererais, je boirerais qu' çui d' ma bourgeoise. J' veuille pas médire, mais Berthe fait le mélieur jus du monde et d' sa périphérance.

– Puisque votre petit déjeuner est achevé, accepteriez-vous que nous ayons une conversation privée ?

– Si vous y tenez.

– Alors sortons un instant.

Il y a, tout près d'ici, un angle de rues planté de quatre arbres, faisant vaguement songer à un square ; d'ailleurs j'ai cru y apercevoir un banc.

Nous nous y rendons à pas d'amoureux. Nos doigts se frôlent comme, jadis, dans les chansons du bon Tino Rossi.

– Ainsi, vous n'avez pas confiance en moi ?

demande la belle Allemande en se déposant sur les cannelures du siège.

– Réfléchissez, ma vaillante amie : vos services, lorsque nous nous présentons chez eux, n'ont rien de plus pressé que de vous parachuter dans notre petit groupe. N'étant plus des enfants, nous comprenons illico qu'en réalité vous êtes davantage chargée de nous surveiller que de nous assister.

– Et quand ce serait ? Le vol d'uranium que vous essayez d'élucider a eu lieu dans *notre* pays et affecte une compagnie *nous* appartenant. Qu'on vous laisse procéder à un supplément d'enquête est un signe de grande tolérance de la part de notre gouvernement.

– Vous oubliez qu'un tel forfait concerne toute la Terre, ma chérie !

– Ne m'appelez pas « chérie » car vous allez m'exciter, et vous avez été témoin de quelques-uns de mes débordements. Je souffre d'une forme d'hystérie consécutive à un viol que j'ai subi dans mon enfance.

Ce disant, elle pose sa main de volupté sur la cage à extase qu'est mon bénoche, comme l'écrit le merveilleux astrophysicien Hubert Reeves dans son ouvrage intitulé : *Souviens-toi de ton futur* [1]. Je croise vivement les jambes afin de calmer ses violeries audacieuses.

---

1. Je lis tous les *books* de cet homme éminent. Si t'es pas tout à fait aussi con que tu en as l'air, je t'engage à faire de même ! Merci, monsieur Reeves. Pas surprenant que vous racontiez si bien le Big-Bang, vous ressemblez au bon Dieu !

– C'est dommage ! s'apitoie-t-elle sur son sort. Moi qui vous gardais pour la bonne bouche !

– Vous me flattez, mais nous devons parler.

– On a toujours le temps de parler « après ».

– Détrompez-vous : nous n'existons que par nos actes !

Je regarde subrepticement l'heure. Le délai « d'attente » est passé, concernant la petite expérience à laquelle je me livre sur cette frénétique de la moule à crinière. La capsule que j'ai versée dans sa tasse agit.

– Vous ne savez donc rien des gens qui ont tué la mère Ferguson ?

– Rien ! Lorsque vos yeux se plantent dans les miens, je me prends à mouiller comme une folle.

Malgré cette intéressante révélation, je continue :

– Vous vous doutez bien que le commando d'hier a été dépêché par vos Services ?

– C'est probable.

– M. Julius Schaub ?

– Il est trop imbu de ses fonctions pour prendre un risque de ce genre !

– Alors, son collaborateur aux manières efféminées ?

– Sans aucun doute.

– C'est l'éminence grise de la maison ?

– En quelque sorte le patron de l'illégalité, si je puis dire.

– Vous estimez qu'il a donné des instructions pour qu'un commando nous précède chez la vieille femme ?

– Au moment de l'affaire, il avait avancé l'hypothèse, lui aussi, que l'uranium se trouvait toujours en Namibie. L'arrivée de nouveaux enquêteurs européens l'a confirmé dans cette certitude et il a décidé de vous devancer, afin de reprendre les recherches à son compte.

– Merci de vos confidences, lui dis-je ; allons rejoindre les autres !

Gretta me joue « les yeux noirs ». Quelque chose qui ressemble à de la fureur durcit ses traits.

– Que venez-vous de me faire dire ? chuchote-t-elle d'un ton pâle.

– Ce qu'il me fallait savoir, ma chérie.

Elle presse l'extrémité de ses doigts contre ses tempes.

– Salaud ! dit-elle en allemand, ce qui est plus insultant que dans toute autre langue. Vous m'avez droguée, n'est-ce pas ?

– Si peu !

– J'aurais dû y penser : je me sentais égarée.

– Rassurez-vous, ça ne dure pas : à preuve, vous revoilà maîtresse de vous-même.

– Tous les moyens vous sont bons !

– Si je ne vous avais pas infligé ce petit test sans danger, je continuerais de me méfier de vous, et ça enlèverait du charme à nos excellentes relations.

– Je vous hais ! déclare-t-elle comme dans un drame bourgeois de l'entre-deux-guerres.

– Mais non, Gretta. De toute manière, votre sentiment ne résistera pas à une nuit d'amour.

Une telle phrase a pour mérite d'endiguer sa fureur. Je comprends que, si je sais m'y prendre, mon absolution est dans la poche de mon slip.

Alors que nous rejoignons nos compagnons, elle s'arrête et demande à brûle-veston [1] :

– Que comptez-vous faire de cette gamine chinoise ?

– Une femme libre, réponds-je ; c'est une marotte chez les Français depuis qu'ils n'ont plus de colonies.

---

1. Le pourpoint est un vêtement trop suranné pour qu'il soit encore utilisé dans une œuvre aussi moderne.

19

La route conduisant à la mine est rectiligne, sous un soleil qu'aucun romancier rémoulade ne pourrait s'empêcher d'appeler « de plomb ». Des mamelons à l'infini... Roches, sable, maquis chétifs. Le désert, quoi ! Ciel blanc crayeux, avec des cohortes de nuages menaçants, d'un gris pommelé. Par instants, un petit mammifère du genre carnassier encéphalique coupe la piste pour aller se fondre dans cet horizon minéral. Des rapaces survolent lourdement ce paysage en agonie. Tous les cinq kilomètres environ, un panneau indique « Crakburn Mine ». Les deux mots sont soulignés d'une flèche ressemblant à une arête de hareng.

Malgré l'air conditionné de notre Chrysler, la chaleur est accablante. Au point que Bérurier se livre à un effeuillage progressif qui ne lui laisse que son slip à grille constellé de trous par lesquels ses démoniaques testicules tentent de jouer la belle ! Jérémie s'est mis torse nu, la belle Gretta n'a plus sur son corps bronzé qu'une brève culotte bandatoire et un soutien-nichebabes aussi menu que deux menottes de bébé. Seuls Shan-Su et mézigue conservons nos harnais, donc notre dignité.

La voiture tangue sur la route riche en ornières profondes. Le chauffeur cramponne le cerceau pour conserver son assiette.

Je jette de fréquents regards à ma Chinagotte. Elle aussi me mirade de ses yeux en trous de pine. Parfois, elle a une amorce de sourire que vite elle réprime, comme si elle craignait de trahir ses émotions.

Que vais-je faire de cette Barbie, type asiatique ? La former pour l'amour à l'occidentale ? Ça, dans un premier temps. Ensuite, le degré supérieur : la baise française. Je cherche à deviner la frime de m'man quand je débarquerai avec Shan-Su dans notre pavillon de Saint-Cloud. Oh ! elle l'accueillera superbement, je me mouronne pas. Seulement que seront ses sentiments à ma vieille chérie ?

Cette gamine tombée d'une autre planète, avec sa peau d'hépatique et ses phares en code, ne parlant pas une broque de notre langue, ne croyant pas au dieu de Féloche, bouffant du riz à tous les repas ; tu parles d'une éducation à entreprendre !

Et qui nous mènera où ? Réponds, Edmond !

Au mariage !

Tu sais bien que non. Si j'avais dû épouser une gerce, c'est Marie-Marie que j'aurais drivée à l'autel, pas une greluse dont je ne sais rien de rien. Pedigree de chien errant ! *Nuits de Chine, nuits câlines, nuits d'amour*, chantait papa en se rasant devant son miroir à trois faces. C'était quoi, sa vie sexuelle, mon vieux ? Était-il bon tringleur ? Avait-il des maîtresses ? Dans le fond, je ne sais presque rien de lui. M' man en a fait un personnage de vitrail. Quand je l'évoque, il a comme une auréole derrière la tête, son souvenir est éclairé au néon, mon dabe.

Dans les confins, j'aperçois une concentration de bâtiments, des collines entaillées, pleines de reflets métalliques, des cheminées, des hommes affairés. Un nuage de fumée et de poussière en suspension pèse sur ce lieu impressionnant.

— Nous arrivons, hein ? fait Jérémie Blanc.

— On dirait... Réveille Sac-à-merde et fais-lui remettre son bénouze ; il conviendrait également que votre égérie se relinge un peu. Si elle débarque presque à poil parmi les mineurs, ils vont tous lui sauter dessus et l'embroquer contre le capot de la tire, ce qui, vu la chaleur de la carrosserie, risquerait de lui brûler les meules au troisième degré !

Un vaste parking précède l'entrée de l'exploitation. Le chauffeur laisse notre véhicule sous un abri composé d'un simple toit de cannisses. Son ombre illusoire ne dispense pas beaucoup de fraîchouille, aussi mes compagnons se grouillassent-ils de débarquer et de foncer en direction d'un boqueteau de brunomasurs à floraison ambivalente, au centre duquel se prodigue une pièce d'eau en circuit fermé.

Il a été décidé que *Fräulein* Dübitsch et moi nous présenterions seuls à la direction, notre groupe hétérogène pouvant déconcerter les visités.

Après moult tergiversations, nous finissons par être introduits dans l'antre du grand dirlo, mister Klakbitt, un presque sexagénaire admirablement conservé (dans l'alcool). Il a le teint brique des amateurs de gin, le cheveu blanc coiffé plat et des yeux d'un bleu si délavé que, pour dormir, il est obligé de se servir d'une canne blanche [1]. Pas très sympa ; je préciserais même : à chier. Son attitude doit faire avorter sa secrétaire lorsqu'elle est enceinte.

Nos qualités établies, nos accréditations produites, il se met à jacter avec un débit de deux syllabes à la minute :

— On ne va pas recommencer avec cette affaire !

— On ne recommence pas, objecté-je avec ce calme qui tant impressionne les dames s'apprêtant à jouir de mes assauts quand, à l'instant de l'orgasme, je leur déclame *La Mort du loup* ; non, mister Klakbitt, on ne recommence pas, on continue !

— Écoutez ! s'écrie ce notable (de logarithme). Mon prédécesseur qui dirigeait la mine à cette époque, s'est suicidé six mois après sa mise à la

---

1. Ce qui fait la force de San-Antonio, c'est qu'il ne redoute jamais de paraître incompréhensible. L'absconnerie est sa première nature.

                                                        Jérôme Garcin

retraite anticipée. Ne trouvez-vous pas qu'il est temps de tirer un trait sur cette histoire ?

— On ne tire un trait que sur les affaires terminées, riposté-je-t-il, et tant qu'une énorme quantité d'uranium continuera d'échapper à tout contrôle, celle-ci perdurera !

Il me regarde avec les deux trous d'azur percés dans sa gueule écarlate. Je suis prêt à parier ton testicule droit contre le gauche qu'il rêve de sortir sa boutanche du tiroir pour la briser sur cette protubérance située à l'arrière de mon crâne qui abrite l'une des plus vives intelligences de cette fin de siècle. Il a dû voir un discours du bon président Chirac car il murmure :

— Écoutez [1]. Au moment des faits, je dirigeais une grosse entreprise au Cap, en Afrique du Sud. Je ne sais de cette histoire que ce que les employés m'en ont dit, c'est-à-dire peu de choses.

— Eh bien ! j'aimerais qu'ils me les répétassent, ces choses !

— En cinq ans, il y a eu des modifications dans le staff de la mine ainsi que parmi son personnel.

— Il en reste, et je souhaiterais les rencontrer, si vous n'y voyez pas d'inconvénient.

— Comme vous voulez.

— Merci.

Il enfonce une touche de son interphone.

— Smith, fait-il, vous étiez bien à Crakburn au moment du fameux vol ?

— En effet, monsieur le directeur.

---

1. Le grand Jacques prononce « aicoutai ».

– Alors venez dans mon bureau, j'ai ici des personnes qui sont encore intéressées par cette histoire.

– J'arrive tout de suite.

Fectivement, un gazier se pointe vite fait. Une sorte de Boubouroche anglo-saxon (mais plus saxon qu'anglo), gros, chauve-blond, avec une bouche humide en forme de cerise, un nez pareil à une pomme de terre nouvelle, un triple menton, une moustache en cils de porc et un appareil acoustique dans sa feuille droite.

Le buveur de gin ne s'embarrasse pas de mondanités :

– Ces gens se livrent à un supplément d'enquête à propos de ce que vous savez ; vous serez aimable de répondre à leurs questions, mon cher.

Et à nous, avec l'air du mec s'apercevant, mais un peu tard, qu'il vient de draguer un travelo :

– Voici Smith, notre chef des relations humaines en qui j'ai toute confiance, vous ne pouvez trouver meilleur interlocuteur. Ravi de vous avoir connus.

Il se penche sur des paperasses sans plus s'occuper de nous. Il existe différentes manières de dire « Je t'emmerde » à quelqu'un, il vient d'en trouver une supplémentaire.

Trois-mentons nous pilote dans un grand burlingue vitré où l'air conditionné fonctionne à merveille. Chez lui, malgré le mahomet, tu te crois à la pointe du Raz un jour de tempête automnale. Ce gus redoute tellement la chaleur qu'il s'est fait poser un ventilateur gros comme l'hélice du *Queen Mary*, en plus de son climatiseur. Il nous adresse un sourire plus large que la chatte d'une caissière.

– Soyez les bienvenus, nous dit-il, jovial. Je suppose que vous êtes surpris par la maussaderie de notre directeur. C'est un homme qui vit seul : son épouse l'a quitté pour un Noir bantou. Or ces types-là ont des sexes dévastateurs. Les poils pubiens ne repoussent jamais là où ils sont passés...

20

Il est du genre affable, le mec. Doit prendre la vie du bon côté, y compris par les cornes si ça se présente.

Son premier soin est de prévenir sa secrétaire, une métisse à la peau sombre et luisante, qu'on ne nous dérange sous aucun prétexte. Ensuite, il va ouvrir un réfrigérateur et en sort une boutanche d'un scotch vieux de sept ans, ce qui est jeune pour un président de la République, mais déjà vénérable pour un flacon de whisky.

Il emplit aux deux tiers trois grands verres, dépose des rondelles de citron dans chacun, de la glace, et procède à la répartition.

– A votre santé, nous dit-il. Je ne suis pas fâché de voir rouvrir cette fichue enquête !

On biberonne quelques centilitres d'alcool.

– Vous n'avez pas trouvé la première convaincante ? lui demandé-je.

– C'est le moins qu'on en puisse dire.

– Qu'est-ce qui motive cette critique, cher ami ? fait la belle Gretta en déboutonnant sa chemise jusqu'à ce que ses glandes mammaires débouchent dans la pièce sans crier gare.

Le dirloche des esclaves en avalerait son stéthoscope s'il était médecin ; à défaut, il se chope des prunelles de batracien en rut. Sa bouche cloaque, ses mentons avalanchent tandis que sa pomme d'Adam parvient à rejoindre ses molaires du fond.

Cette diversion opérée de manière abrupte sur le sensoriel de notre homme contrarie visiblement les confidences que je sentais arriver au triple galop.

– Vous disiez, très cher ? fait ma nympho de service en avançant ses mains fuselées sur son fuselage inférieur.

Il dit ballepeau, le gros lard. Ne peut plus s'exprimer sur les rives pourpres de l'apoplexie. Il patauge de la menteuse. D'énormes veines basrelièfent à son cou.

Ma partenaire dégrafe son short et s'en dépiaute, idem de son slip virginal. J'en ai déjà rencontré, des frémissantes de la fente magique, mais aussi déconnectée que *Fräulein* Dübitsch, c'est peut-être bien la première. Tu crois pas, Eloi ? Quoi ? Tu dis que je raconte ça à propos de toutes les frangines qu'ont la moulasse à haute tension ? Oui, p't'être. M'en rends pas compte. Faut conviendre que ma vie professionnelle se déroule parmi des êtres paranormaux. J'ai pas affaire à des merciers ni à des marchands de vin. Mes historiettes se déroulent dans des milieux d'exception où la vie n'est ni simple ni tranquille.

Fatalement, je traite pas avec des petits foutriquets saumâtres et galipoteux.

Le blond-chauve n'avait encore jamais connu un truc pareil de toute sa petite existence vespasienne. Une belle chatte triple zéro dans la catégorie belon, savait-il seulement que ça existait ? La Gretta, serviable en plein, la lui livre à domicile. Directo du producteur au consommateur.

Tu verrais le goinfre à l'établi, avec sa moustache de phoque pubère ! On jurerait qu'il mange sa soupe, faire plaisir à sa maman. Une langue fourrée pour le facteur ! Une autre pour la tante Hortense ! L'insatiable a noué ses deux mains sur la nuque de Smith afin que leurs quatre lèvres s'écrasent à sa convenance.

Le glouton, ce manège l'étouffe. Il lui faut une certaine dose d'oxygène s'il veut conduire sa manœuvre à terme. Alors il fait « Abbrouiiivchtttff » et puis également « Arrrrouhahooo ». Il onomatopète, éructorâle, vagine bien éperdument.

Mais la frénétique le tient formellement plaqué dans ses moulasseries. Ne se gaffe pas qu'il suffoque authentiquement. Prend ses râles d'agonie pour des râles de jouissance. Reusement, chez ces névropathes, la pâmade est prompte. Elle lui virgule l'écume des jours dans les badigoinsses, puis le lâche.

Cézigmuche choit sur le plancher, à demi évanoui. Je m'empresse, le ranime dans les meilleurs délais. Il a la bouille scintillante, le porcin. Il époumone, bronchage. Son regard tourne comme sur le cadran des appareils à sous. Il parvient à stabiliser deux citrons.

Perdu !

Le calme qui finit toujours par avoir gain de cause revient. Le chef des relations humaines (et comment !) reprend pied dans l'existence.

— *It was good, my dear ?* s'inquiète Gretta.

Tu parles ! Il en gode encore dans ses brailles. Conséquence de son début d'asphyxie ?

Le plus simple est « d'éradiquer » la gêne. Pas se paumer en vains commentaires.

— Vous disiez donc, cher ami, à propos du vol que l'enquête laissait à désirer ?

Il secoue sa hure écarlate :

— Tout à fait.

— Précisez votre point de vue, je vous prie...

Il hésite, essuie sa bouche vernissée avec son mouchoir et déclare en trébuchant de la jacte :

— Il semblait que les enquêteurs ne se soient pas rendu compte des réalités.

— Qu'entendez-vous par là ?

— Ils ont fait comme si l'uranium pouvait être transporté aussi aisément que des diamants, oubliant que la cargaison, avec son emballage de plomb, pèse plusieurs tonnes !

— C'est une remarque que je me fais volontiers depuis que je suis sur l'affaire.

— Ça vous intéresserait de constater de visu ce qu'est le conditionnement de cette matière ?

— J'allais vous le demander, ainsi que de nous

conduire au local où elle était entreposée au moment de sa disparition.

Il se lève et je me rends compte que l'excellent homme protubère follement du bénouze, à croire qu'il a planqué une enclume de forgeron dans son slip. Pris d'une grande compassion masculine, je murmure à Gretta en lui montrant la perduration découlant de ses manœuvres :

— Vous ne pouvez le laisser sortir dans cet état : il s'agit d'un cas de conscience.

— Il est vrai, fait l'Allemande, je n'avais pas constaté les retombées de mes attouchements ; il doit en posséder une de très fort calibre, ne pensez-vous pas ?

— Je prends le pari pour un membre de vingt-huit centimètres, garde non comprise. Bon, je vous attends à la réception.

Le local des entrées, sans doute parce qu'il est entièrement vitré, offre une température beaucoup plus élevée que le bureau du phoque. Une délicieuse réceptionniste à la peau d'ébène, à la bouche et aux ongles mauves, noue des rapports épisodiques avec le clavier d'une I.B.M. Elle me lorgne par-dessus sa machine comme je la visionne par-dessus son machin.

Je lui souris.

Elle répond par un coup de gyrophare provenant de ses trente-deux ratiches carnassières.

— C'est vrai que vous vous appelez « Fleur » ? demandé-je en montrant la plaque posée devant son guichet.

– Tout à fait vrai.

– Je peux sentir ? enchaîné-je en reniflant.

Elle rit, amusée, flattée, humide déjà ?

J'avance mon tarbouif dans son créneau.

– Jamais respiré quelque chose de plus subtil, assuré-je. On se croirait dans un jardin botanique à la période des orchidées.

Pas moyen de savourer mon compliment car un grand cri s'échappe du bureau que je viens de quitter. Faudrait un spécialiste de bandes dessinées pour te l'écrire, avec des caractères gros commak et des étoiles tout autour. Y a de l'agonie dans ce hurlement. Il issue d'une catastrophe, pas possible autrement. C'est démoniaque, enférique !

À cette clameur surgie du cosmos, succèdent des imprécations folles.

Je bondis dans le bureau de Smith.

Le trouve en train de s'entremettre au bénéfice de Gretta. Celle-ci est accoudée au bureau et messire Boubouroche l'entreprend lévrier afghan. C'est ça qui la fait gosiller, la Chleuse.

N'à force de débattre, tupérer, soubresauter, la vampireuse se dégage d'une étreinte qui ne paraît point de son goût. Messire Dupanais finit par être expulsé de son brancard humain et reste tout plantigrade devant le puits d'amour à Gretta. Soufflant nasal, tremblant des cannes, une magistrale hébétude peinte sur ce qui lui tient lieu de physionomie.

Mon regard captateur décrit une plongée jusqu'à son panais, alors une gerbance affreuse me

tord l'estom' de la cave au grenier. C'est que le
gazier des relations humaines détient un braque
inconcevable. Il t'est sans doute arrivé de feuille-
ter ces vieux bouquins traitant de maladies véné-
riennes, illustrés de planches en couleurs franchement abominables, susceptibles de te faire passer à
tout jamais le goût de l'amour et (surtout) de ses
aimables dérivés.

Imagine que cet excellent Smith possède un
chibre comme je n'en ai jamais vu dans les
ouvrages suce-mentionnés. Un tubercule, plutôt
qu'un sexe. Longueur vingt-cinq centimètres, diamètre seize ; tu m'entends-t-il ? Ce « bidule » (je
ne trouve pas qualificatif plus approprié) est tordu,
noueux, pustuleux, hérissé de protubérances cor-
nues, plus acérées que des épines d'acacia. Elles
ont gravement lésé la boîte à outils de la *Fräulein*,
un peu comme si on lui avait enquillé dans la
babasse un épieu garni de fil barbelé.

Le gros sac a le plantoir sanguinoleur. La mère
Dübitsch chiale en poussant des plaintes capables
de faire sangloter un tortionnaire serbe.

Je dompte ma répulsion pour me pencher sur la
plaie qui, doré-de-l'avant, lui tiendra lieu de sexe.
Charogne ! Comment qu'il nous l'a arrangée, le
mec ! Un magma ! Tu sais ce qu'est un magma ?
Non ? Eh bien ça ! Faudrait la driver d'urgence sur
une clinique ; et une vraie, avec des médecins
capables d'appliquer sur de telles lésions autre
chose que du beurre de cacao ou du sirop de canne
à sucre.

– Vous n'avez pas quelque pommade ? demandé-je au déchiqueteur de moules.

– Non.

– Du savon ?

– Aux toilettes !

Il désigne la porte. Je chope la fille meurtrie dans mes bras et l'y porte. Premiers secours aux écorchées vives ! Le lavabo ! Une savonneuse à l'eau tiède. Parfois, c'est le genre de préliminaires qui m'ébrouent les sens. Mais dans un cas aussi désespéré ils me nauséifient.

– Ça vous calme ? je susurré-je.

– Un peu.

– Comment diantre vous êtes-vous laissé fourrer une telle rapière entre les miches ?

– Il a voulu tout de suite par-derrière.

– Pas fou, le mec !

– Et puis il s'est engouffré pareil à un taureau lubrique ! J'ai eu beau crier, me débattre... Il pèse au moins deux cent cinquante livres ! Plus je le refoulais, plus il enfonçait son horreur en moi !

– Continuez les ablutions, le chauffeur va vous reconduire à Keelmanshop ; il doit bien exister là-bas quelqu'un qui ressemble à un médecin. La petite Chinago vous accompagnera pour vous guider et vous assister.

– Et vous, comment vous déplacerez-vous ?

– C'est bien le diable si nous ne trouvons pas une voiture disponible à la mine.

Mais elle regimbe :

– Mon devoir...

– Ton devoir est de te faire réparer le fion, connasse ! m'emporté-je. A force de te faire enquiller des mandrins, t'as gagné le coquetier ! A propos : ça marche la Sécu d'ici, pour les pots défoncés ?

21

Ça s'est très vite harmonisé, comme se plaît à répéter un glandoche de mes relations qui est dans l'industrie et les décorations fragmentaires. Notre sombre chauffeur a embarqué ces demoiselles et je me suis retrouvé seulâbre avec mes deux potes, à cela près que Béru s'était éclipsé pour des raisons défécatoires et tardait à réapparaître.

Le camarade Smith, l'homme à la bite de cauchemar n'en menait pas large malgré son volume. Il poussait une frite presque aussi sinistrée que son braque. Me confia qu'il traînait cette avarie de machine depuis dix berges au moins, à la suite d'un coït anal qu'il s'était offert avec une dame hottentote souffrant de la maladie appelée « pic-pic mondâr ».

Peu après leur étreinte, des indurations apparurent sur son membre, qui se muèrent en ergots ; en même temps, sa belle chopine, orgueil de sa famille et bonheur de son épouse, se mit à fouetter sauvagement. La pure abomination. Il avait charrié sa glorieuse bistougne au Cap, puis l'avait emmenée à l'hôpital spécialisé dans les maladies tropicales à London; mais je t'en branle. Tout ce qu'on avait réussi à faire, chez les Rosbifs, c'était de stopper le pourrissement de Zézette ! Un calvaire !

Depuis lors, il avait dû renoncer à l'amour et se contentait de bouffer sa rombiasse, le dimanche, histoire de lui fêter le jour du Seigneur. Et puis, tout à l'heure, la belle Gretta en délire qui se laisse groumer les caroncules et qui, dix minutes après, revient, se trousse et lui propose un cul comme jamais aucun peintre de la Renaissance n'en brossa ! Comment résister ? Elle avait la babasse béante, mouillée, pareil à l'œil d'un vieux con recevant la croix de l'ordre du Mérite en place de Grève.

Même daubée, la chair reste faible ! Il a dégainé son zob déglingué, Smith, le lui a encastré dans le donjon à poils. T'aurais fait quoi, tézigo, à sa place, avec le panoche en déliquescence ?

Faut comprendre.

Je comprends.

Il déclare qu'il est d'autant plus navré que sa vérolerie est transmissible par tacite reconduction. Elle l'a supplié de mettre une capote, mais ses ergots cornés l'ont tout de suite fait éclater, tu penses ! Si bien que l'Allemande est plombée, maintenant qu'il l'a emplâtrée. Elle va avoir un chaudron d'abats dans la culotte, sous peu, et sans doute avant. Devra se cantonner dans la fellation contrôlée. Tu parles d'une cata pour cette court-circuitée de la raie médiane !

Bérurier ne revenant toujours pas, je demande à Blanc de poireauter encore. Si nous poursuivons nos pérégrinations et qu'à son retour des lieux (communs) il ne trouve plus personne, de quelle connerie serait-il capable ?

L'homme à la queue avariée me chemine jusqu'au local où l'on stocke l'uranium.

L'entrée rébarbate. Magine un endroit plus vaste que la gare de Collonges-au-Mont-d'Or, sans ouvertures sur l'extérieur en dehors de l'énorme porte pour chambre forte qui s'ouvre après qu'on a actionné une chiée de combinaisons subtiles. L'intérieur est tapissé de plaques de plomb. Des cadrans mystérieux rendent compte de la radioactivité du lieu. Des containers se trouvent rassemblés le long des murs. Des grues sur rails permettent de les déplacer.

Ce décor déshumanisé est *terrific*. Tu crois sentir ton corps se recroqueviller et se flétrir avant désintégration.

— Voici notre entrepôt d'uranium, dit Burnes-en-daube, presque fièrement, un peu comme un châtelain fait visiter son haras.

— Il n'est pas mieux gardé ? effaré-je.

— A quoi bon ? L'ouverture est inviolable ! bavoche l'homme à la bistoune de cauchemar.

Mon regard dissipe son sourire, tel un lance-flammes les toiles d'araignée.

— Je veux dire : pour ceux qui ignorent la combinaison ! se hâte-t-il de rectifier.

— Et beaucoup de gens la connaissent ?

— Nous sommes quatre : le directeur, le chef manutentionnaire, le contrôleur à l'extraction et moi.

— Je suppose que vous avez été sur le gril après le vol ?

— On nous a cuisinés pendant des heures, puis on nous a demandé de bien vouloir nous soumettre au détecteur de mensonges ; ce que nous avons spontanément accepté. Bien entendu, ce test n'a rien donné.

— Ce qui revient à dire que l'un de vous quatre a confié le code à un tiers ?

— Négatif ! Vous pensez bien que nous avons été également interrogés sur cette possibilité !

— Alors, quelle hypothèse fut retenue, cher Smith ?

— Je l'ignore. Les enquêteurs ne nous ont pas révélé leur opinion à ce propos.

— Prenons votre cas, puisque je vous ai sous la main. Ce système de l'ouverture, l'aviez-vous mémorisé, ou bien noté à un endroit que vous jugiez sûr ?

— Nous avions juré sur l'honneur de ne jamais l'écrire. Il figurait dans notre mémoire, un point c'est tout !

— Est-il pensable d'envisager que l'un des quatre détenteurs du secret ait pu le livrer de manière subconsciente ?

– Cela me semble rocambolesque.

– Mais pas impossible ? Réfléchissez-y calmement.

– Pour ma part, il ne m'est jamais arrivé de
boire plus que de raison. Et quand ce serait le
cas, je dispose d'un self-control suffisant pour
ne pas me laisser tirer les vers du nez, croyez-
le !

Il commence à être un peu moins que pas
content, l'homme à la bite épineuse. Mes inter-
rogations pugnaces lui frelatent le tempérament.

– Ne vous formalisez pas, bon ami,
l'onguenté-je. Une enquête sans questions, c'est
une omelette sans œufs !

Il sourit.

– Je m'en rends compte.

– Et les gens de votre entourage ?

– Eh bien ?

– N'auraient-ils pu trouver quelque astuce
pour capter vos pensées ? Vous savez que certains spécialistes sont fortiches à ce jeu-là.

– Ce serait tomber dans le numéro de music-
hall.

Non, mais dis, tu sais qu'il me plume, avec sa
bite morte de la peste, kif Saint Louis devant
Carthage !

– Cher Smith, une chose encore : vous souve-
nez-vous d'avoir engagé un auxiliaire, il y a
environ cinq ans ? Il vous a quitté un mois avant
que l'affaire n'ait lieu.

Il opine.

– Un garçon très bien, fait le gros blond-
chauve, tout à fait exceptionnel.

– Tout à fait exceptionnel en effet, renché-
ris-je, puisque c'est lui qui a dérobé l'uranium.

Abasourdi et ravagé, le Smith.

– Mais comment a-t-il pu ?

– En vous faisant dire, à votre insu, le code
de l'ouverture, mon gros.

22

Retour de l'enfant prodige !

Le revoilà, le Béru tant aimé, terreux comme l'étaient ses galoches d'autrefois, quand il aidait son paternel à labourer les champs de Saint-Locdu-le-Vieux ; son short est crotté, de même que sa limouille.

— D'où sors-tu ? nous exclamons-nous-t-il, Jérémie et moi, avec un ensemble qui foutrait la chiasse verte aux chœurs de l'Armée rouge.

— Je viens de satisfaire un besoin naturel, répond-il à notre profond étonnement, pareil phrasé ne lui étant pas coutumier.

— Tu es allé bédoler dans les catacombes ? s'informe Jérémie.

— Quéqu' chose du genre, admet cet être courtois, car figurez-vous qu' les tartisses des mineurs sont pris de lasso ! Les niacs qui bossent ici vont fumer des joints aux cagoinsses ; quand t'est-ce tu tambourines pour réclamer la place, y t' crillent des injures dans leur patois. Reus'ment, un espèce de contr'maître m'a espliqué qu' l' mieux, dans ces cas-là, c'était d'aller déposer son bilan dans les anciennes gal'ries abandonnées.

« Pour y êt' peinard, faut r'connaît' qu' ça peut conviendre ; mais faut pas crainde d' s' saloper. N'en comparaison, les égouts d' Pantruche passeraient pour une sute du *Royal Monceau*. Qu'en out' ça foisonne de gaspards affamés qui vient t' bouffer ton bronze qu'à peine y commence à poinde. On n' peut pas s' figurer l'appétit d' ces animaux ! »

Il regarde autour de soi et questionne :

– Où qu' sont les *ladies* ?

En toute brièveté, nous lui narrons la sombre mésaventure survenue à Gretta. Il pantoise !

– Ce tocard a un chibre façon cactus ? Tu parles d'une épopée ! Du coup ça m'réconforte d'charrier ma grosse rapière ! D'accord, j' leur écarquille la moniche, les gonzesses, mais un peu d' vasline n'ensute et y n' leur reste plus qu'un excellent souvenir !

Il la boucle, l'objet de sa pitié revenant au volant d'une tire japonouille qui s'efforce de ressembler à une Range Rover. Il a été décidé que Bitenberne allait nous conduire à Keelmanshop.

L'en mène pas large, le dirluche du personnel. Se dit qu'il va se mettre à lui pleuvoir des citernes de gadoue sur la hure ! Son horoscope du jour doit pas être racontable. Il se voit avec l'Intelligence Service aux noix. Ça va être le bannissement perpétuel, l'opprobre ! Il devra racler son paf pourri avec un tesson de poterie.

Pendant le trajet, il murmure :

– Sur la mémoire de mon défunt père, je jure n'avoir révélé le système de l'ouverture à personne !

Son accent de sincérité [1] est tel que je le crois. Après tout, rien ne me prouve absolument qu'il a mangé le morcif au Polak. Trois autres gonziers étaient dans le secret, et ce diabolique Toutanski « avait les moyens de faire parler les gens ». Qui sait s'il ne détenait pas quelque bonne vieille recette d'hypnose ?

On peut rêver, non ?

Dans ces pays d'aventure, la vie n'est pas organisée comme dans les contrées où l'homme tente d'exister sur une portée de musique. A Keelmanshop, par exemple, il n'y a pas de dentiste, par contre tu y trouves un armurier. Tu y chercheras en vain un vétérinaire, mais on peut faire l'emplette de stupéfiants à prix honnêtes. Pas d'hosto à proprement parler, en revanche un dispensaire plutôt propre accueille les maux les plus urgents. Tu n'y dénicheras pas de bicyclette en location, mais un avion, si !

Le gazier qui fait le zinc-taxi est un vieux baroudeur, rangé des opérations de commando, dont l'ultime plaisir en ce bas monde est de charrier des gens de tout poil à travers la Namibie. Son coucou, un très vénérable Bozon-Verduraz conçu pour les expéditions en brousse, vibre comme un hangar de tôle dans une bourrasque, sitôt que tu mets le

---

1. Comme il est dit dans des tas de *books* encore plus débiles que celui-ci.

contact. Deux heures de vol à bord de cette machine à coudre Singer 1920, et tu es atteint de la danse mise au point par Saint Guy (fameux chorégraphe mort en 303).

Le pilote de cette pièce de musée est un Batave dont le collier de barbe blanche le fait ressembler à Hemingway. Il parle peu mais pète beaucoup, sans chichis, conscient de la timidité de ses loufs lâchés dans la tempête métallique que génère son zoizeau déplumé.

Lorsque nous prenons contact (si j'ose dire), il demande évidemment où nous voulons nous rendre.

— Nulle part, réponds-je.

Cette nouvelle le ravit.

— Je préfère ; ma garce de femme a caché mes lunettes, comme chaque fois qu'elle m'accommode du poisson, espérant qu'une arête se plantera dans mon gosier. En prenant l'air sans mes vitres, je risque fort de tourner en rond !

— Pile ce que j'attends de vous, certifié-je.

Je lui raconte que nous appartenons à une compagnie cinématographique européenne, désireuse de réaliser un film en Namibie et que nous souhaiterions explorer le panorama dans un rayon de cent kilomètres autour de Keelmanshop. Son job consiste donc à décrire des cercles concentriques de plus en plus larges au-dessus de la région.

L'ancêtre nous assure que ça va être un jeu d'enfant.

Alors nous girons à faible altitude, dans un boucan d'enfer.

Postés de part et d'autre de l'aéronef (dirait la douairière de Laichemont), Blanc et ma pomme, équipés de jumelles, examinons la contrée avec avidité. Béru qui, manifestement, souffre de problèmes gastro-entériques, se contente de donner la réplique aux pets du pilote, tout heureux de se produire en duo.

Nous matons à nous en désorbiter les lotos, mais en pure perte. Partout, c'est le presque désert, entrecoupé de savanes. Çà et là, des fourrés, des éboulis de roches, d'anciens lits de torrents plus que desséchés. Lunaire, je te l'ai déjà dit à je ne sais combien de pages de là. Et pour l'en ce qui me concerne, cette exploration, je ne la « sens » pas. Un homme aussi aguerri que ma pomme est pourvu d'un flair dû à l'expérience. Mais, excepté les louises du Mammouth, franchement je ne sens rien. L'impression de faire du tourisme dans une contrée qui ne vaut pas le déplacement.

Toujours la même topographie monotone.

— Rentrons ! décidé-je brusquement.

— Sage idée, convient l'octogénaire ; le réservoir est presque vide.

Et il ne le disait pas, le fossile. Un miracle qu'il soit encore vivant avec sa bécane sortie du marché aux puces.

Le soleil baisse sur l'horizon. La nuit monte du sol. Peu à peu, notre vieille planète recommence ses obscures cachotteries. Que branle-t-elle pendant la nuit ? Tu crois que sa partie sombre se repose, comme une pute exténuée par ses passes de la journée ?

Voici Keelmanshop, droit devant nous, déjà emmitouflée d'ombres bleues.

Le Papa bon Dieu pose sa seringue dans une cahoterie brimbalante, comme si au lieu d'une piste en herbe, il disposait d'une terre labourée.

Je l'arrose et nous prenons congé de lui. On gagne à pas harassés le centre de l'agglomération. Pour commencer, nous nous rendons au dispensaire où l'on soigne la chaglatte déchiquetée de Fräulein Gretta. Nous la trouvons endormie. Un Noir en blouse blanche explique qu'on lui a administré un puissant sédatif car elle souffrait le martyre. Le mieux c'est de la laisser récupérer du moule à pafs. Je demande où est la jeune Chinoise qui l'escortait. L'infirmier qui semble la connaître nous dit qu'elle est retournée à l'hôtel de son beauf. Devant mon air d'intense contrariété, il m'explique que c'est l'heure où les mineurs regagnent Keelmanshop ; beaucoup sont sans foyer et passent chez Chian-Li pour tirer un coup. Comme je semble ne pas piger, il m'apprend que le Chinago prostitue sa petite belle-sœur depuis la mort de son épouse et ramasse un fric fou, car Shan-Su est une technicienne émérite, malgré son jeune âge.

En l'écoutant, je sens que mes burnes jonctionnent avec ma glotte et que mon anus est apte à servir de pressoir à huile. Ah ! le foutu connard ! Ah ! le pauvre écrémé du bulbe ! Tu te rends compte que je me croyais dans un *book* de Xavier de Montépin !

Je chiquais les redresseurs de torts ! Le Jean Valjean de service avec une Cosette safranée ! Marretoi, mon drôle ! Offre-toi la fiole du Sana de mes grosses deux ! J'avais levé une petite pute, me proposais un bonheur de carte postale ! Elle a dû y croire un moment, cette môme, puisqu'elle m'a suivi. Mais elle a vite pigé que ça n'était pas possible, nous deux, qu'elle ne pouvait plus rebrousser chemin...

Je me tourne vers mes péones. Béru lutine une vachasse dont les loloches ressemblent à deux ballons captifs. Quant à Jérémie, il a la charité de ne pas rigoler. Il sait que je traverse un instant cuisant. Le sort qui me fait un affront. Bon, c'est arrivé à d'autres. Ça m'arrivera sans doute encore. Nous sommes des bipèdes exposés. Il y a des cataclysmes en préparation, des épidémies dévastatrices au banc d'essai. Tout le monde en prend plein sa pauvre gueule, le moment venu.

— Que devrons-nous dire à madame lorsqu'elle reprendra conscience ? s'informe l'infirmier en me voyant tourner les talons.

— Nous repasserons demain, réponds-je.

Je tire de mes hardes quelques talbins aux couleurs inappétissantes. Les lui présente.

— Soignez-la bien, vieux ; cette femme, c'est tout ce qui me reste !

Il enfouille et promet.

23

On arque un moment dans cette localité indécise. Les maisons y sont aussi hétéroclites que les hommes. Drôle de creuset où la mayonnaise existentielle a mal pris. Un bled ayant la pelade et pas grande âme. Il réunit des créatures disparates qui semblent se faire tarter à attendre la fin du monde. Ce genre de patelin existe un peu partout, n'importe les méridiens et parallèles, les conditions climatiques, le prix du beurre et la propagation des maladies incurables.

— Vous auriez-t-il pas les crochetons ? questionne Béru.

Il nous a devancés de deux pas sur le trottoir, s'est retourné et à présent nous affronte d'un air matois. On devine qu'une réponse inconforme à ses espérances constituerait une marque d'hostilité caractérisée.

— Le coup est jouable, convient Jérémie, si toutefois on parvient à dégauchir un coin à bouffe convenable.

Il dit et reçoit dans les miches une poussée de

bas en haut égale au poids de sa paire de couilles déplacée.

Un gamin noir vient de le percuter, poursuivi par une dame de sa race vêtue d'une robe sans manches très élégante, en simili-léopard, dont les taches ne reproduisent pas seulement le pelage de ce fauve mais aussi des traces de vin, de sauce tomate, de jaune d'œuf et de graisse, la palme revenant à une admirable traînée de flux menstruel merveilleusement imité, laquelle me fait songer à une toile de Georges Mathieu intitulée « Nuit de noces au Pitzberg »

Notre surprise est touchante quand nous reconnaissons dans l'aimable bambin celui qui, hier, se trouvait chez la pauvre mamie Ferguson.

Il nous remet également et renonce à jouer la belle. Sa pourchasseuse s'abstient de le houspiller et nous apprend qu'elle est sa mère.

Bérurier, ne perdant jamais longtemps de vue les considérations gastronomiques, nous conseille de solliciter de cette exquise personne l'adresse du meilleur restau de l'endroit. C'est un peu comme si, à Genevilliers, tu demandais la boutique Cartier la plus proche à un marchand de montres sénégalais.

Je répercute néanmoins sa question et, à ma stupeur teintée d'incrédulité, la jeune femme nous entraîne vers un bâtiment de deux étages, sans doute le plus haut de la cité. D'en bas, on peut voir des tentes bleues sur un toit plat.

— Dis à c't'p'tite mère que j'l'invite à

tortorer av' c son chiard ! décide le Gros, en grande magnificence.

Cette propose plonge la gentille femme dans l'effarement ; mais Sa Majesté se faisant pressante, elle nous suit.

En parvenant sur la terrasse divisée en compartiments intimes, nous nous apercevons qu'il s'agit d'un restau japonouille.

Notre Gargantua déteste ce genre de nourriture. Le poisson cru coupé en fines lamelles c'est pas son ordinaire à mon choucrouteux avide de potées auverpiotes, cassoulets toulousains et autres bœufs mirontons. La bouffe-chichi, même en amuse-gueule, il la tolère mal. Je le rassérène en lui commandant triple porcif. En outre, le vin d'Afrique du Sud, déjà testé, ne désoblige point trop son palais. Et puis, en Namibie comme en Namibie, hein ?

Pendant qu'il s'explique avec ces denrées peu familières, nous faisons la causette à notre invitée. Elle s'appelle Véra Kivivra et son fils Zanzi. Son mari est aux travaux forcés à perpétuité pour avoir dérobé un diamant brut de dix carats dans la mine où il travaillait. La jeune femme assure tant bien que mal leur matérielle en confectionnant des Cotons-Tiges dont les Bantous font une grosse consommation à cause des insectes amateurs de cérumen qui se complaisent dans leurs conduits auditifs.

En fait, elle n'est pas bête, cette gerce. Courageuse dans l'adversité, disait ma grand-mère, laquelle se nourrissait de biscottes trempées dans du lait et de lieux communs. Elle élève son bambin de son mieux, et tant pis si elle fouette du corporel quand elle a ses doches.

Moi, insidieux comme une belette, je dévie la converse sur sa voisine, la vieille Ferguson. Elle est toute chagrine qu'on l'ait assaisonnée, Poupette ; mais ça ne la surprend pas. L'a toujours été un peu brindzingue, mémère. Foirineuse, même sur le tard, quand l'époque des poires blettes s'est amenée. A son âge se croyait encore promise à un avenir doré sur tronche.

Ses vieux ans ont été éclairés par la venue de son pensionnaire, le séduisant Toutanski. Un drôle de Bite-en-fer dans son genre, cézigus, capable d'enfourner mémé à la hussarde et de se faire vénérer l'asperge après lui avoir ôté son dentier. Parfois il amenait du trèpe chez l'Allemande et tout le monde embroquait la brave Margaret à tour de rôle. Ceux qui ne la tiraient pas frappaient dans leurs mains. Une vraie folie ! Il arriva à plusieurs reprises que l'organisateur des réjouissances conviât une autre dame à la rescousse : l'épouse du chef des relations humaines de la mine de Crakburn, une charmante créature frisottée qui grimpait au paf avec vaillance et s'engouffrait tout ce qui érectait dans la crèche ! Ça tournait à l'orgie.

Cette révélation m'ouvre la comprenette concernant la manière dont le Polak s'y est pris pour accéder au système d'ouverture de la

fameuse lourde. Manœuvrée de première par l'ami
Nautik, sa bergère a arraché le secret à son gros
Bite-en-daube. Je te parie qu'il ne s'en est même
pas aperçu.

On se défrime d'un air entendu, Jéjé et moi.
Voilà qui me remet de ma déconvenue avec la
môme Shan-Su. L'existence, c'est commak, mon
pote. Quand t'es dans la scoume, attends qu'il
fasse soleil ; et quand tu t'éclates, attends la pluie
d'étrons ! On navigue sans relâche entre azur et
gadoue. Lorsque t'as bien pigé ce cycle inévitable,
tu te fous de tout : du soleil comme de l'orage.

Cela étant, on n'a pas perdu l'argent de leurs
repas à Kivivra et son chiard.

Soucieux d'aprofiter [1] jusqu'au bout de notre
invitée, j'oriente la conversation sur le meurtre de
Margaret Ferguson.

A ce propos, elle en sait autant que nous, Kivivra (Véra), mais guère plus.

Par contre, elle suppositionne intelligemment.
Elle a toujours pensé que le pensionnaire européen
de Mamie avait un air étrange venu d'ailleurs. Le
jugeait peu à sa place chez la voisine. Elle croyait
confusément qu'il habitait Keelmanshop pour se
planquer ; le créditait de rudes ardoises dans les
patelins occidentaux. Parfois, elle subodorait la
vérité, envisageant qu'il résidait dans le coin
because les mines diamantifères. Ce qui la trou-
blait, c'était de le voir s'encanailler avec des types

---

1. Aprofiter, verbe du premier groupe. Se conjugue comme
« aimer ».

si peu de sa trempe. A croire qu'il recrutait de futurs hommes de main en vue de quelque jour « J ». Tu te rends compte à quel point elle est fufute, la chérie ?

Je lui verse du vin qu'elle siffle sans démesure, mais tout ce qu'il y a de volontiers.

Lorsqu'elle a appris le vol d'uranium de Crakburn, l'idée qu'il y soit mêlé lui est-elle venue ?

Elle sursaute, « frappée d'une évidence », comme l'écrivait un Immortel décédé l'année dernière. Mais qu'elle n'y avait point songé, tout sottement parce qu'il ne se trouvait plus dans le pays à ce moment-là. Un très léger manque de phosphore, voilà tout. Déjà ses « yeux d'onyx » brillent kif les boutons d'un horse-guard.

Maintenant, j'aperçois nettement la manière dont il a ourdi le détournement de l'uranium. Travail de grand pro qui sait parfaitement qu'une bataille bien préparée est une bataille gagnée.

Alors, moulant un instant la converse, je m'abstrais pour mieux réfléchir. Il en avait sous la coiffe, ce gonzier. Ayant acquis cette certitude, je me tiens le discours ci-dessous. « Antoine, oublie que tu es un grand policier pour te mettre dans la peau de Toutanski. Tu as décidé de t'approprier l'uranium, comment vas-tu t'y prendre pour l'évacuer ? » Réponse de l'interpellé : « Je ne l'emporterai pas car je n'aurais aucune chance d'éviter les fouilles de tous ordres d'une police sur le pied de guerre. Un tel butin obligatoirement véhiculé dans des containers de plomb ne saurait échapper à la vigilance des draupers. »

Ça fait déjà pas mal de fois que je me serine la même antienne. Continuant de m'apostropher avec cette familiarité dont on ne peut user qu'avec soi, je m'assène l'argument final et incontournable : « Conclusion, l'uranium est resté dans la mine, où il a été placardé dans les zones abandonnées. Il dort dans les limbes d'un sol n'ayant plus rien à livrer à la cupidité des hommes. »

Fortifié par cette flamboyante évidence, je reviens à la sérénité de notre repas japonais.

Pendant mon flottement intérieur, Jérémie Blanc a poursuivi la conversation avec notre douce Véra.

Captant mon regard fluctuant, il me déclare :

— Très très intéressant ce que dit madame, hé ?

— Sans aucun doute, coassé-je ; si tu veux bien me le répéter...

— Elle prétend que la vieille cachait des diams dans sa fameuse ceinture. Elle a passé sa vie à soudoyer des gars travaillant à l'extraction des cailloux. Elle avait trouvé un système permettant aux mineurs d'en sortir, malgré les fouilles corporelles dont ils font l'objet.

— Vraiment ?

— Malheureusement, ça ne pouvait jouer qu'avec de tout petits cailloux de moins d'un carat.

— Vas-y, je t'écoute...

— Les gars les enveloppaient de morve et se les carraient dans le pif, de la sorte, le butin échappait aux moyens de détection les plus perfectionnés.

— Simple, conviens-je. Voilà qui justifie l'inspection des cotillons de la Margaret dévergondée. Cette dame a-t-elle également une explication au sujet de la valise que les assassins ont emportée ?

— Elle croit qu'elle contenait des fringues abandonnées par le Polonais.

— Quel intérêt pouvaient-elles présenter ?

— Ils espéraient vraisemblablement dénicher des indices sur l'endroit où Toutanski s'est rendu en abandonnant la Namibie. Mais ce ne sont que suppositions ; hypothèses d'école, comme aiment à le répéter les politiciens.

L'heure du saké étant venue, nous sacrifions (car c'est là un réel sacrifice) à la tradition japonaise, aussi riche en conneries que la nôtre.

Là-dessus, le cousin germain du taulier vient donner un concert de boîtes de conserve vides et de grelots à bretelles, ce qui m'incite à régler l'addition.

24

Son repas achevé (mais peut-on dire qu'une bouffe du Gros s'achève ? Sa vie n'est qu'un interminable repas), Sa Majesté pleine de grâce et de graisse s'intéressa à l'exquise Véra, de telle sorte qu'entre deux rots d'origine japonaise il lui proposa la botte. La maman de l'espiègle Zanzi se montra honorée d'une telle proposition, mais fit valoir à son convoiteur qu'elle se trouvait en période inopportune à un tel projet : l'Infâmure vivante rétorqua qu'il avait toujours considéré les ragnagnas des dames comme de faux prétextes à l'abstinence, et ayant balayé l'objection, partit avec elle et son lutin noir.

Nous convînmes, avant de nous séparer, de nous retrouver chez Mme Kivivra. Ici, les convenances n'obéissent pas aux mêmes règles qu'à Passy, et ramasser un pote en goguette chez une dame, au beau milieu de la nuit, ne perturbe pas les usages.

Le Porcin ricana :

– Si v'croiliez qu' j' sais pas où qu' vous allez,

les deux, c'est qu' vous m' prendez pour un œuf!

Sur ces mots imparables, il saisit sa conquête à la taille après avoir juché son Noirpiot somnoleur sur ses colossales épaules, et le trio disparut dans une ambiance *Grand Meaulnes* sud-africain qui vous embuait la rétine.

Nous retrouvâmes la grosse Chrysler devant le dispensaire qui soigne *Fräulein* Dübitsch.

Notre chauffeur, selon un accord prélavable, avait glissé la clé de contact dans la pochette du pare-soleil, cachette inexpugnable s'il en est, et nous reprîmes le chemin de la mine sous une voûte céleste sans rapport avec celle faisant l'orgueil de la place de la Concorde les soirs d'été.

Le trajet me parut féerique. Des animaux auxquels nous sommes peu habitués détalaient à notre approche. J'avais l'impression de me trouver dans un livre pour enfants, comme il en est quelques-uns dans la bibliothèque de chez nous, où ma sage Félicie conserve ses prix scolaires.

Jérémie pilotait en fredonnant une mélopée de son Sénégal natal. Cette terre d'Afrique, sous le ciel immense, lui apportait une émotion particulière. Certes, elle ne ressemblait pas exactement à son bled, mais elle appartenait au prodigieux continent africain, berceau de l'humanité.

Nous roulâmes à assez vive allure sur cette route-piste tellement déserte que j'en éprouvais un confus sentiment de malaise. Il existe un phénomène d'habitude qui fait que, plus tu pratiques un itinéraire, plus il te semble court.

Parvenus à destination, nous nous approchâmes au plus serré des galeries abandonnées et entreprîmes de dresser un catalogue raisonné des richesses dont nous étions munis.

Ce qui me bottait particulièrement, quand ma grand-mère me lisait *Robinson Crusoé*, c'était l'inventaire que le héros établissait après le naufrage. Les outils, planches, clous, grillages, volailles, sacs de farine, barils de poudre, armes, produits pharmaceutiques arrachés à l'épave d'un bateau dont tous les passagers – hormis lui – avaient péri, me portaient à l'imagination. Petit chiard que j'étais, je jouissais de cette obole, me disant qu'il ne pouvait exister de meilleur sort que de se retrouver seul sur une île avec de quoi bâtir un univers enfin purgé de la racaille humaine.

En l'occurrence, nous possédions trois torches électriques, des chiffons, un rouleau de corde, une pioche, une hache et un couteau Opinel dont je répéterai, jusqu'au bout de ma durée, qu'il est l'un des ustensiles les plus importants pour un habitant de cette planète.

Nantis de ces précieux auxiliaires, nous partons en repérage.

Il est fort possible que tu n'aies jamais visité de mine d'uranium. Dans l'hypothèse peu vraisemblable (mais sait-on jamais !) où ce serait le cas, laisse-moi t'expliquer la manière dont cela se présente. Je ne veux pas te faire l'injure de penser que tu peux ignorer à quelle sous-altitude se trouvent les gisements de ce métal. Sache qu'on les rencontre à une profondeur approximative, ce qui n'est déjà pas si mal.

Les galeries conçues pour son extradition (dirait Béru) constituent des schémas aléatoires pour la plupart. Ce qui n'est pas fait pour te surprendre.

Nous nous arrêtons devant l'un des filons écumés, vaste cuvette profonde d'une chiée de mètres et large du double. Le faisceau assez dru de ma torche part dans l'excavation, arrachant du néant des madriers, des puits, des découvertes hasardeuses. Partout où je le braque, il révèle un terrain défoncé, épuisé, puis lâchement abandonné à son éternité minérale [1].

Nous délaissons ce cirque qui ne doit rien à Amar ou Gavarni, pour visiter une autre région, elle aussi saignée.

— Tu penses quoi ? me questionne Jéjé.

— Hélas ! réponds-je avec une grande piteusité dans l'inflexion.

— Tâche presque impossible, hé ?

Lui, j'ai remarqué, il emploie fréquemment « hé » pour « hein ».

— De nuit et par deux personnes, ça fait un peu travaux d'Hercule, ajouté-je.

Il reprend :

— Nous ne devons pas nous décourager, mais

---

1. Quand je lis une phrase commak, je me dis que San-A. aurait pu faire écrivain s'il aurait voulu !

Alain Peyrefitte

nous dire que l'uranium caché, si tant est qu'il le
soit ici, représente une vingtaine de containers,
soit environ dix mètres cubes ! Les gars qui ont
perpétré le coup étaient cinq, selon notre estima-
tion. Ils ont dû mouiller la limouille. Malgré leur
légitime souci de rendre le butin invisible, ils
auront simplifié leur besogne au maximum.

— Et alors ?

— Si j'avais été à leur place, j'aurais choisi un
puits profond dans lequel il suffisait de descendre
les caissons pour, ensuite, les recouvrir de cail-
lasse.

— Pas con, admets-je.

— Nous savons que le Polak ne l'était guère.
Un regain d'énergie m'envahit.

— En chasse, Blondinet !

Des puits comme en rêve mon *all-black*, il n'en
existe pas des chouchouilleries à la mine. On se
cogne une flopée de dédaux [1] avant de s'en
convaincre. Mais comme l'obstination porte toujours ses fruits, dirait une marchande des quatre-
saisons, nous finissons par en dénicher un d'au
moins dix mètres de diamètre dont nous distin-
guons mal le fond. Je virgule un bloc de rocher
dedans, il met une branlée à parvenir à destination.

Ma pomme, ni une ni deute.

— Je vais aller couler un œil, fais-je à mon
compagnon.

— Mais si notre ficelle est trop courte ?

---

1. Pluriel de dédale ?

– Je te le dirai et tu me hisseras : c'est fort, un nègre !

Il s'arc-boute ; je lance la corde dans les profondeurs, protège les paumes de mes paluches avec les chiffons trouvés dans la tire, et me laisse couler par brèves saccades, freinant des pieds appliqués contre la paroi. La couillance, c'est qu'avec mes deux mains occupées, je ne puis braquer ma loupiote vers le fond afin d'évaluer la distance qui m'en sépare. Cette torche, je la tiens avec mes dents, autant dire qu'elle me sert à nib.

Le gars Vendredi est solide comme un roc. Mais voilà qu'à un certain moment, il demande :

– Qu'est-ce que c'est ?

Sa voix réverbérée [1] par la voûte a des inflexions caverneuses.

– Quoi ? je demande, avec l'étourderie de ce corbeau qui en lâcha son calendos.

Cette monosyllabe m'a trop ouvert la bouche et la lampe valdingue dans les profondeurs.

Elle file droit. Et puis s'immobilise sans cesser de luire.

Là-haut, mon cher auxiliaire reprend :

– Il y a quelqu'un ?

Tout à coup je perçois presque simultanément : un choc et un gémissement. La corde à laquelle je suis suspendu devient molle, puis floue.

---

1. J'ai toujours eu une dilection pour ce verbe transitif dont j'use davantage à propos des sons que de la lumière ; mais je t'emmerde.

Je tombe à la vitesse grand V. Une bouffée d'horreur me saisit.

Ça dure.

Dans un flash éperdu, je revois m'man dans sa cuisine, versant de l'eau chaude sur son café moulu, et aussi Toinet, lequel est maintenant à l'école supérieure de Police, Marie-Marie qui appartient désormais à une existence dont je ne sais rien et à un homme que je n'ai jamais vu et ne voudrai jamais voir.

Et puis c'est une monstrueuse secousse, un éclatement foisonnant d'étincelles. Plus de souffle ! Une mourance aiguë ! Mais des bribes encore de perception. Elles s'anéantissent quand une chose pesante me catapulte.

Bye, les mecs !

25

Il disait, Audiard, le sarcastique des comptoirs, que les individus ne laissent après eux que des odeurs. Tu parles qu'il avait raison, l'homme à la gapette et au sourire écœuré.

Ainsi, une fois de plus, c'est par l'olfactif que je recolle à la vie. Odeur brute, forte, matraqueuse, de moisissure et de caveau.

Deux mains me tâtonnent. Une voix balbutie :

— Tu m'entends, le grand chef indien ? T'es pas nase puisque tu respires. Antoine, pour l'amour du Petit Jésus, essaie de me faire un signe !

Je bande mon énergie et balbutie à mon tour :

— Tu me prends pour Saint-Saëns !

Mais c'est dur à piger en pleine noye, au fond d'une excavation, ce genre de calembour.

— T'es cassé ?

— Une épaule, je crains.

— Laquelle ?

— Je ne sais pas : la souffrance me rend ambidextre...

Je sens qu'il me pince fort la cuisse.

— T'es louf, protesté-je.

— Dieu soit loué ! Tu es sensible à la douleur !
Pour ma part, je m'en suis bien tiré puisque je suis
tombé sur toi !

— Que s'est-il produit ?

— Pendant que je te « déshalais », un mec m'a
filé un coup de je ne sais quoi derrière la tronche.

— Tu ne l'as pas entendu arriver ?

— Si, mais trop tard. J'ai essayé d'encaisser son
parpaing, impossible : un vertigo monstre m'a
saisi. J'ai tout lâché et mon bienfaiteur m'a flanqué une bourrade dans le dos pour que je bascule.

Nous nous taisons, les oreilles tendues comme
des capteurs de radars. Rien ! Le silence n'est
rompu que par le bruit ténu d'une infiltration
d'eau quelque part.

A mesure et au fur que le temps s'écoule, je
perçois en moi des douleurs nouvelles. M'est avis
que j'ai dû déguster sérieusement !

— Une satisfaction dans notre malheur, dis-je.

— Ah oui ? Fais m'en vite part : j'ai besoin de
réconfort.

— Nous avions vraisemblablement trouvé la
planque de l'uranium.

— Pourquoi ?

— Comment expliquer, sinon, cet amas de
bâches qui a amorti ma chute ?

Le prince des ténèbres ramasse ma loupiote
miraculée et en promène son faisceau alentour.
Les toiles évoquées sont noirâtres, terreuses. Elles
ont été empilées à la va-vite l'une sur l'autre, ce
qui a fourni une épaisseur salvatrice.

Le grand primate des savanes soupire :

– Je sais que tu as raison, grand : l'uranium était bien ici. Seulement il a été déménagé.

– On n'a pas pu l'emporter très loin, avancé-je. Toujours à cause du poids des caissons. La chiasserie avec ce métal c'est qu'on ne puisse le garder que dans des containers en plomb.

Le Noirpiot, que l'obscurité rend complètement invisible, murmure :

– C'est pas le tout : il va falloir s'arracher. Tu as une solution à proposer ?

– Non, mais on peut y penser.

Je me place en *dog of gun* [1], attitude qui calme un tantisoit ma souffrance et, chose surprenante à s'en déféquer parmi, je m'endors très vite, d'un sommeil comateux par besoin d'échapper aux durs événements.

J'ai des amorces de rêves, de cauchemars plus exactement. Me trouve dans la position de Sisyphe, à pousser un énorme coffre sur le flanc d'un cratère pour l'aller précipiter dans le feu bouillonnant de la Terre, mais mes efforts ne me permettent pas d'achever mon ascension et je recule chaque fois que le sommet est en vue.

– Antoine !

Je moule les tourments du songe pour ceux de la réalité. Retrouve le fond de l'excavation, avec ses bâches noires et ses remugles sépulcraux.

– Quoi donc ? coassé-je.

1. Chien de fusil.

– Tu entends ?

Je conjugue les informations sonores qui me parviennent.

C'est lointain, mal discernable. Et cependant...

– L'on dirait le *Chant des matelassiers* ? murmuré-je.

– Exact !

En pleine Namibie, tu te rends compte ? L'hymne de Bérurier.

– Le Gros nous cherche, fait Jérémie. Il sait que cet air ne peut émaner que de lui et que nous n'aurons aucun doute sur sa présence si nous l'entendons. Obstrue tes baffles, je vais le héler.

Joignant les cordes vocales à la promesse, il pousse une hurlance qui fendillerait les voûtes de Notre-Dame, le cas échéant :

– Béruuuuu !

Il se tait. Le silence succédant à son cri est émouvant comme une prise d'armes dans la cour des Invalides.

Puis, l'organe incontournable du Mastard lance à tous les échos (qu'ils fussent de mines ou des savanes), une clameur en comparaison de laquelle celle de Tarzan passerait pour la plainte d'une cigale déflorée.

Le Noirpiot régosille encore. Le Rougeot lui répond. Et ainsi de suite.

Qu'en fin de compte, il parvient au bord de notre cul-de-basse-fosse, le cul-de-fausse-basse.

Sa voix joviale laisse tomber :

– Eh ben ! les mecs, qu'est-ce y v's' arrive-t-il ? V's avez pas vu la marche ?

– Tu as déjà fini de faire reluire ta princesse noire ? ricané-je depuis mes profondeurs.

– Parle-moi-z'en pas, Tonio. C't' pécore, quand j'y ai déballé ma matraque Louis-Quinze, a s'est mis à hurler comme quoi c'était impossib' d'admett' une chopine pareille aux urgences. Que rien qu' d'essayeyer, on allait y faire craquer la collerette, et p't'êt' même les z'hanches. J' la rassurais. J'sus été jusqu'à m' la badigeonner d'huile d'olive, mais ça l'a pas convainquie. « Non, non ! Ça m' tuerait ! » elle beuglait. C'tait pourtant un' gerce d' négro, soye dite sans t'vexer, Jéjé. Son bagnard, y doit pas avoir un chipolata dans l'tiroir ; v' s' aut', les mâchurés, c'est général'ment l' module señor.

Il s'écouterait jacter jusqu'à l'aube, laquelle, ici, n'est guère perceptible, le Ventripote.

– Tu pourrais nous écrire le reste à tête reposée ! proteste Jérémie ; tu sais qu'on commence à se faire vieux dans ce trou ?

– Impatientez-vous pas, répond le Pachyderme, j' vas quérir ma Jeep.

– Quelle Jeep ?

– Celle du mari à ma Noirpiote mijaurée : de la relique datant d' la dernière guerre. Ell' n' vaut pas un clou, mais é marche encore, et surtout, ell' est équipée d'un treuil.

Je souffre mille et une morts pour m'arracher à ce néant. Sans le treuil du cocu prisonnier, je me demande comment nous y serions parvenus. Ma

jambe droite et mon bras gauche sont hors
d'usage. Jérémie a fixé le filin autour de ma taille,
puis il s'en est saisi, un peu au-dessus de moi, de
façon à me maintenir écarté de la paroi pour que je
ne la heurte pas.

— Vas-y mollo ! recommande-t-il à cet homme
du Génie (je n'ai pas dit « de » génie) que nous
appelons Béru dans la vie et l'Enflure dans le
privé.

Difficile escalade ! Je serre les dents pour
m'empêcher de crier. Par instants, la douleur est si
vive que je suis au bord extrême de l'évanouis-
sage. Mon cher Noirpiot m'exhorte au courage :

— Tiens bon, le grand, ça va y être !

Alors je pense fort à Félicie. Quelle heure est-il
à Saint-Cloud ? Impossible de me dépétrer des
décalages horaires. Et puis qu'importe ? Elle
m'attend ma vieille chérie. De nuit comme de
jour. Une mère, ça sert à ça : à compter les
minutes qui la séparent de ton retour. Ou je me
goure ?

L'air tiède de la nuit, traversé par des courants
froids, me revigore. Mon cher *colored* m'aide à
me jucher dans notre guinde, aidé de Sa Majesté.

— A mon avis, déclare-t-il, tu as une entorse du
genou, une luxation de l'épaule, et ton arcade
sourcilière s'est rouverte. Les mecs du dispensaire
vont te colmater les brèches et t'administrer des
calmants.

— Avant de m'y conduire j'aimerais passer chez

notre ami Smith le chef du personnel. Il nous a montré sa maison en fin d'après-midi, tu sauras la retrouver ?

– Évidemment. C'est un cottage jaune avec des volets bleus. Cela dit, il vaut mieux te soigner d'abord.

– Plus tard. L'urgence prioritaire, c'est pas moi, mais l'affaire !

On fonce. Ça cahote. J'ai mal ! Béru qui roule derrière nous chante à tue-tête ; sa voix de ténor pris de boisson couvre le ronflement des deux moteurs.

Pour tenter d'oublier ma souffrance, en admettant que tu puisses passer outre les misères de ta viande, je me raconte la fin de cette surprenante histoire. Celle qui s'offre à mon esprit. Mais s'agit-il de la vérité ? Tous ces étranges gens : ceux de l'île de Klérambâr, ceux du *Doge Noir*, puis ceux de Namibie. Beaucoup de forbans, beaucoup de pourris. Compagnons de bonne et mauvaise rencontres.

En haut du pare-brise : le ciel constellé d'étoiles. Des systèmes solaires à n'en jamais finir. Éternité miroitante.

Une secousse m'arrache une plainte.

– *Sorry !* dit mon pote.

Le ruban se déroule ; puis surgissent des masures aux allures d'épaves. Un chien famélique chemine. Il semble réaliser une étude sur la comestibilité des étrons. Dans certains pays, le fécal est l'ultime ressource ; tout au bas de la chaîne alimentaire. Bon appétit, messieurs !

– Ça doit être par ici, non?

J'avais dû m'assoupir puisque je me réveille en cerceau (Béru dixit).

J'avise une pelouse avec une maisonnette posée dessus, comme un jouet dans une vitrine de Noël.

Sur sa gauche, un garage sans porte abrite deux bagnoles. Je reconnais la tire du commandeur des relations z'humaines; auprès d'elle, une Morgan verte dont le capot antédiluvien est ceinturé d'une grosse courroie de cuir qui ne sert strictement à rien, mais accroît son côté « sport » : celle de sa bergère.

Je dis au *all-dark* de stopper à distance.

Le Mastard suiveur en fait autant. Sa grande gueule commence à claironner une connerie; je l'interromps d'un bras d'honneur irréfléchi qui m'allume un brasier dans l'épaule.

A pas de rat d'hôtel, je fonce au garage. Je croyais qu'une berlue, consécutive à mes douleurs, me donnait l'impression que la Morgan bronchait. En réalité, elle est sensible à un phénomène d'autoallumage. Son capot est chaud, preuve qu'elle vient tout juste d'arriver; je le signale à mes deux compagnons.

Ils opinent.

Un regain de forces joint à une noble excitation, me font oublier ma souffrance. Clopinant comme un gueux de film sur le Moyen Age, je vais à la porte du cottage. Elle est fermée à clé. Qu'importe : je ne m'embarque jamais sans mon joli sésame. Tutoyer cette caroube est un jeu d'enfant des plus divertissants.

Nous voilà dans la place. D'un geste péremptoire, j'indique à mes gauchos qu'ils doivent larguer leurs pompes. Ils m'obéissent (hélas d'en ce qui concerne le Gradu dont les nougats, sous le tropique du Capricorne, fouettent comme une tannerie berbère pendant une vague de chaleur).

Une musique provient de l'arrière du bungalow. Je m'y dirige à pas de velours.

Un bref vestibule distribue deux pièces. Un rai lumineux souligne celle de droite. Je vais coller mon oreille à la gauche. Il est certain qu'un homme roupille dans cette pièce et qu'il en concasse de tout cœur.

Satisfait, je me consacre à l'autre. Par le minuscule orifice de la serrure, j'aperçois une partie de lit indéfait, avec des harnais de gonzesse jetés au sol. Dans le fond : un cabinet de toilette. La porte coulissante est ouverte et j'avise une nière nue occupée à s'ablutionner la moulasse sur son bidet de concours comme toutes ces dames revenant de chez leur amant. Cette personne est non dénuée d'agréments. Son joufflu épanoui par sa posture est copieux et assez sympa. Il fournit un beau Suzanne Valadon d'avant son mariage avec Utter. En outre, les nichemards du premier étage sont généreux.

Accaparée par sa besogne, la personne tient la tête inclinée et sa chevelure brune et frisée pend sur son visage.

Je me retourne et adresse un signe d'invite à mes hussards, lesquels ne se font pas prier pour me rejoindre.

Charitable, je leur montre la serrure. Dans leur précipitation, ils se heurtent la boîte à idées. Ça produit un certain bruit qui m'incite à brusquer les choses. Alors, je tourne la poignée : la porte s'ouvre en grand !

La dame Smith pousse un double cri : l'un de surprise, l'autre de pudeur offensée. Elle se dresse de part et d'autre de sa monture de faïence, la crinière sud ruisselante.

— Pardon de vous importuner, jolie madame, m'excusé-je en Berlitz amélioré.

A son expression incrédule, je pige qu'elle me connaît et surtout estime ma survenance « impossible ». *Car elle me savait prisonnier de la mine.*

— Chouette tarte aux poils, p'tit' mahâme, la complimente mon gros Malandrin des paillasses. V' s'auriez-t-il pas des rouquemoutes parmi vos enscendants ? Vot' crinière sud a des r'flets cajouteux...

La chérie est blanche comme une Anglaise en train de valser dans le grand salon du *Titanic* pendant son naufrage.

Moi, tu sais quoi ?

— Faites gaffe que son singe ne se réveille pas, dis-je à mes assistants dévoués, j'ai besoin d'une converse en tête à cul avec cette charmante personne.

Je pénètre dans la salle de bains, referme l'huis, assure la targette.

— Vous pouvez vous rasseoir, déclaré-je galamment à notre hôtesse, en appuyant sur son épaule pour qu'elle reprenne sa position acalifourcheuse sur ce dérivé de l'art équestre.

Je tire un tabouret chromé et m'assieds face à elle, nos genoux se touchant.

— Rassurez-vous, murmuré-je-t-il, c'est pas pour la chose du vice, mais pour la commodité de la conversation.

Me semble bien qu'il s'agit d'une grande première. Jamais encore je n'avais interrogé une personne du sexe à cheval sur son bidet.

Comme quoi tout arrive.

Suffit d'attendre.

26

Tu vois : le sommeil est le plus grand ennemi de l'homme, pire que la perspective plongeante que cause Sartre. Un gonzier réveillé en sursaut à trois plombes et mèche du morninge, est à ta disposance complète si tu sais t'y prendre.

Maintenant, tu vas me questionner : en quoi ça consiste « savoir s'y prendre ? »

Je vais t'expliquer. Examinons le cas présent. Celui de l'excellent mister Klakbitt, le big boss de la mine d'uranium.

On débarque chez lui avec sa pouffe, la femme du Smith au zob convulsé. Il roupille pleins gaz, genre tour de chauffe des Formules I. Comme il fait torride, il couche à loilpé, sa zézette languissante contre sa jambe. Beau paf pour un vieux con, faut reconnaître. Notre présence, quoique silencieuse, trouble son sommeil, mais ce n'est que lorsque je lui ai passé les menottes qu'il s'éveille tout à fait. Bondit sur son séant.

— Qui va là ! exclamationne-t-il.

Blanc actionne le commutateur et le ci-devant

dormeur en déguste plein la frite. Il cille, détourne la tête et grommelle d'un ton paniqué :

— Mais qu'y a-t-il ? Que me veut-on ?

Et c'est pour lui le formide électrochoc : il nous voit, nous reconnaît. Constate que sa maîtresse est avec nous : penaude et en peignoir. Pis encore : il découvre les cadennes encerclant ses propres poignets. Alors il morfle vingt ans d'âge supplémentaire : un don gracieux du temps, en guise de prime.

— Eh oui, lui dis-je, voilà des bijoux que vous avez amplement mérités, monseigneur !

D'ordinaire, les mirontons auxquels je joue ce tour-là renaudent. Protestent, bieurlent à l'injustice, à la voie de fait, de portefaix, même ! Ici : mutisme et résignation. Le coup du réveillage en sursaut, te répété-je. Magique ! L'intéressé est anéanti, renonce à tous les arguments bons ou mauvais. Il comprend qu'il l'a dans le fion, qu'inutile de vouloir interpréter « les Deux orphelines et leurs parents ».

— Béru, murmuré-je, tu veux bien veiller à ce que môssieur se tienne tranquille pendant que j'inspecte sa gentilhommière ? N'oublie pas qu'il a essayé de trucider tes deux meilleurs amis !

— Soye sans crainte, mec. A la moind' encartade, j'y fais comme ça !

Et de lui placer un bourre-pif qui rend le bonhomme camard pour le reste de ses jours.

— Correct, approuvé-je ; et si ça ne devait pas suffire ?

– N'au quel cas l'aurait droit à son masqu' d' beauté, un truc dans c' style.

Cette fois, c'est un doublé à la face qui explose les pommettes du dirluche.

Elles deviennent pareilles à deux figues trop mûres tombées sur le chemin.

Nous quittons la chambre où se perpètre un adultère minier d'après le propre aveu de la dame. D'ailleurs, elle a une bonne excuse quand on sait l'état de la bitoune maritale.

Pour l'instant, la friponne nous conduit à l'extérieur par une porte arrière. Des champs cata-launiques s'étendent au clair de lune ; on croit apercevoir la silhouette d'Attila et de son armée. En réalité il s'agit d'une plantation de noëlus jospinus à floraison blanche. Ces arbres dits « du désert » constituent un verger dont l'âge, si j'en crois mon instinct, ne doit pas excéder quatre ans.

– Il va falloir creuser, mon pauvre grand, fais-je à Jérémie. Or je suis inapte aux travaux des champs jusqu'à nouvel ordre.

Il bougonne :

– Tu aurais pu confier ce boulot au Gros !

– J'adore distribuer les rôles à contre-emploi ! Où sont les outils ? m'enquiers-je auprès de dame Smith.

Elle désigne un appentis attenant à la maison. Mon cher Vendredi (un saint !) s'y rend et, presque aussitôt, en ramène une pioche et une pelle.

Tandis qu'il attaque, je récite le *Laboureur et ses enfants*, de mon regretté Jean de La Fontaine :

– Un riche laboureur, sentant sa mort prochaine
Fit venir ses enfants, leur parla sans témoins.
Gardez-vous, leur dit-il, de vendre l'héritage
Que nous ont laissé nos parents
Un trésor est caché dedans.

Nuit superbe, avec, à la lisière de la terre et du ciel, un filet mauve prometteur d'aube.

La maison du directeur est éloignée de tout. Le coin idéal pour les galipettes et les coups fourrés.

– Ça a dû être un travail d'Hercule ! fais-je à ma compagne.

Je distingue un pâle sourire contrit sur sa frime d'allègre baiseuse.

– Nous avions le temps, objecte-t-elle doucement.

– Ça vous a pris des mois ?

– Moins, mais enfin nous n'avons pas précipité les choses. On allait chercher un caisson une nuit, puis un autre la nuit d'après, à l'aide d'un camion de la mine muni d'un treuil.

– C'est un des complices du Polonais qui vous avait affranchie sur la planque ?

– Oui, Arturo ; il était fou de moi. Il m'avait annoncé qu'une fois le coup réalisé, ils dissimuleraient l'uranium dans un filon abandonné où personne n'aurait l'idée de le chercher.

– Il prévoyait de s'en emparer ?

– Non : de révéler la cachette moyennant une prime importante. Il disait qu'avec l'argent, il m'emmènerait en Amérique.

– Et puis ?

– Le vol a eu lieu, mais Toutanski a assassiné son équipe immédiatement après.

– Et vous n'avez pas parlé, alors ?

– J'ai craint d'être impliquée dans l'affaire, parce que c'est moi qui avais obtenu la combinaison d'ouverture de l'entrepôt en faisant prendre à mon époux un produit remis par Nautik. Je me suis tue et j'ai attendu. L'histoire a eu un énorme retentissement. L'ancien directeur de la mine s'est même suicidé car il se croyait soupçonné...

– On a en nommé un autre : le cher Klakbitt ?

– En effet.

– A peine arrivée dans ce bled, sa femme l'a quitté et vous êtes rapidement devenue sa maîtresse ?

– Oui. De mon côté, mon mari...

– Je sais.

Elle me mate d'un air dérouté.

– Que savez-vous ?

– Qu'il a la queue comme un chou-fleur. Donc vous avez entretenu des relations compensatoires avec le nouveau boss. Lorsqu'il a été chauffé à blanc, vous lui avez révélé le pot aux roses. Il a sauté sur l'aubaine : les marrons étaient sortis du feu, l'affaire pratiquement oubliée ; ne restait plus qu'à planquer le magot ailleurs et à attendre encore avant de le monnayer.

– Voilà.

– Seulement, mes hommes et moi avons débarqué dans vos plates-bandes, faisant passer tous les feux au rouge. Vous avez eu peur que nous ne gâchions votre rente vieillesse en ayant le nez trop long. Votre vigilance s'est décuplée. L'occasion de nous liquider s'offrit et vous nous avez fait le coup de la descente aux enfers dans le puits. Curieux comme le danger et la cupidité transforment vite de très honorables bourgeois en criminels.

Je me tais.

Et puis une exclamation poussée par Jérémie
– Ça y est !

Il est torse nu, mon très cher. Tu croirais un bronze de Maillol (pas çui des Concerts : le beauf à Claudel). Son rire étincelle dans la pénombre. Il se tient, altier, au bord de la fosse qu'il vient de creuser.

Je m'approche, sans pour autant abandonner la souris.

Dans l'excavation béante, j'aperçois une masse d'un gris argenté.

– Monsieur est servi, déclare le Noirpiot. Je les déterre tous ou l'échantillon de propagande suffit ?

ÉPIGLOTTE

Le jour aux doigts d'or se lève, comme se plaît à dire un équarrisseur de mes relations, récemment primé aux Floralies de Dizimieux-les-Tronches (Isère).

J'ajouterai qu'il est triomphal.

Nous avons passé une nuit dite blanche, mais malgré mes souffrances et mon manque de sommeil, je me sens pareil à un brocheton dans du beurre blanc.

Sa note de bigophone, à Klakbitt, va atteindre des sommets. Seulement, comme il sera au trou, il obtiendra probablement des délais pour la cigler.

Curieux, tout de même, ma réaction. Avant de prévenir mes partenaires anglais du succès de notre mission, j'ai passé trois heures à tubophoner à la presse française. Cocardier, hein, le mec ! J'ai appelé le *Figaro*, *Libé*, le *Parisien*, *Les Dernières Nouvelles d'Alsace*, *Ouest-France*, le *Progrès de Lyon*, *L'Ouest républicain*, le *Provençal*, *Nice-Matin*, le *Dauphiné libéré* la *Montagne de Clermont-Ferrand*, plus une beurrée d'autres qui figurent dans mon carnet. J'ai contacté mes potes suisses : la *Tribune de Genève*, le *Journal de Genève*, la *Liberté de Fribourg*, le *Matin de Lausanne* et puis d'autres, et beaucoup, beaucoup d'autres. M'a fallu écluser deux boutanches d'eau minérale pour parviendre au bout de mon propos.

J'ai alerté les télés, les privées comme les officielles.

Cette rafale expédiée, j'ai demandé l'ambassade de France en Namibie. Le gazier obtenu au bout du fil venait d'arriver en poste et ignorait encore que le patelin s'appelle Namibie depuis 1966. Inutile de le brusquer. J'ai donc tubophoné à mes partenaires du Forage Office, comme l'appelle Alexandre-Benoît. Ils m'ont gratulé de partout !

— Surtout, m'ont-ils supplié, pas un mot à quiconque. Nous allons aviser.

— C'est une excellente idée, les ai-je-t-il approuvés. Que dois-je faire des receleurs d'uranium, c'est-à-dire le directeur de la mine et sa maîtresse ?

Un temps embarrassé.

— Voir et attendre ! s'oblige-t-il de traduire en français.

— Ils ont tenté de nous assassiner cette nuit, fais-je valoir, sans haine excessive.

— Oui, naturellement, dit l'autre, à des milliers de kilomètres. Néanmoins, compte tenu de... des circonstances...

— Certes, rengracié-je. Il y a aussi que l'assistant du *chief* des Services secrets namibiens a tenté de nous couper l'herbe sous les Pataugas en faisant trucider le principal témoin de l'affaire, une vieille dame dont l'époux était anglais.

Silence prolongé, lourd de morosité. Tu sais que, me jugeant désormais inutile, je lui pompe l'air, à cet Anglo-Normand !

Depuis son burlingue londonien que je suppose meublé d'acajou, le Rosbif se décide enfin :

— Voyez-vous, mon cher directeur, il est préférable de ne rien brusquer. Bien sûr, tous les coupables seront châtiés, mais au moment opportun, vous me comprenez ?

— Pleinement.

— En attendant, laissez l'uranium où il est ; comblez le trou afin que sa cachette reste ignorée jusqu'à ce que les instances supérieures aient arrêté leur décision. Tout cela est tellement grave, vous me comprenez ?

— Parfaitement. En somme, vous n'avez plus besoin de moi ?

— Non, mon cher, et bravo pour votre perspicacité et votre combativité ! Ah ! encore une chose. Puisque notre carte d'accréditation vous est désormais inutile, soyez gentil de nous la retourner.

— Cela va sans dire.

Cling !

Nous voici séparés.

Je souris à l'appareil enfin muet.

— Cette fois, je te conduis au dispensaire ! gronde Jérémie ; t'as une gueule qui ferait gerber un crapaud.

– Il y a plus urgent, réponds-je. Fais loquer le dirluche ; qu'il se munisse de ses papiers. Tu as pris les photos du verger contenant les caissons plombés ?

– Un vrai documentaire ; j'ai la maison aussi, le carrefour, tout !

– On passera chez le gros connard à la bite fleurie pour que sa rombiasse récupère les siens.

– Nous sommes déjà allés les chercher.

– Tu es magique, Noirpiot. Où est Béru ?

– Il finit de tirer la mère Smith. Je pense qu'elle aura eu sa dose, tu ne l'as pas entendu gueuler ?

– J'ai cru que c'étaient des coyotes.

– Donc, décarrade générale ? La grande scène du départ avec toute la troupe ?

– Direction l'Afrique du Sud, j'ai hâte d'être au Cap, où nous trouverons un vol pour Paname. Une fois là-bas, la Justice française prendra l'affaire en main si elle le souhaite ; elle disposera de tous les éléments, et même de la dame Smith et de son complice.

Il soupire :

– L'affaire ! Tu vas voir qu'elle va s'embourber dans les discussions diplomatiques !

– Probable, mais ce ne sera plus notre problo, Jéjé. Nous, nous aurons accompli la mission qui nous était confiée. Le reste n'est que déclarations fumeuses et papier hygiénique.

Voyant que je fais la grimace, il murmure :

– Tu as très mal, hein ?

– C'est un passe-temps comme un autre. Quand on sera de retour, fais-moi penser d'envoyer une babiole à Gretta Dübitsch. Un souvenir de Paris, même quand tu as la chaglatte en flammes, ça fait toujours plaisir.

THAT'S ALL

— Comment va ta jambe ? demande m'man.
— Mieux, ma chérie.
— Et ton bras ?
— Au poil.
— Et ta figure ?
Au lieu de répondre, je lui chante « Alouette, gentille alouette... ».
Elle hausse les épaules et me contemple tendrement.
— A propos, fait-elle, c'est bien en Namibie que tu étais ?
— Oui, pourquoi ?
— Tous les médias parlent d'une énorme quantité d'uranium qui avait disparu et qu'on a retrouvée grâce aux Services secrets britanniques.
— Ça ne m'étonne pas, réponds-je, ces gens-là sont irremplaçables !

THE END

AVIS AUX LECTEURS

Le prochain SAN-A. s'intitulera :

« LA QUEUE EN TROMPETTE »

Il marquera l'apparition de SALAMI, le chien qui pense.

Une recrue singulière qui viendra s'ajouter à l'immortelle équipe BÉRU, PINAUD, M. BLANC, BERTHE et FÉLICIE.

Ne le manquez sous aucun prétexte.

Les Éditeurs

ŒUVRES COMPLÈTES DE SAN-ANTONIO

UN FRÉDÉRIC DARD INATTENDU

ROMANS D'ÉPOUVANTE

Frédéric Dard, auteur de romans de terreur et d'épouvante ? Non, ce n'est pas une mystification. Dans les années 50 en effet, le grand écrivain s'est non seulement adonné au genre (sous le pseudonyme de Frédéric Charles) mais, en outre, il a beaucoup collaboré au théâtre du Grand-Guignol, avec son complice de toujours, l'acteur et metteur en scène Robert Hossein.

Quatre de ces romans sont réunis dans le présent volume. Quatre histoires bourrées de mystère et angoissantes à souhait. Des livres qui étaient devenus introuvables et qui dévoilent un visage méconnu du créateur de San-Antonio.

448 pages - 59 francs

SUPER POCHE/Fleuve Noir
DES "POCHE" DIFFÉRENTS

LES AUTRES VISAGES DE SAN-ANTONIO

L'ANGE NOIR

"Du temps que je la pilais, l'histoire de me dépanner l'estom', j'avais pondu cette prose surchoix.
Un vrai nectar !
Du San-Antonio d'avant San-Antonio, en somme.
Tu vas voir, tout y était déjà : la trouduculence, la connerie, le m'enfoutisme et même le reste.
Surtout le reste !
Sauf que l'Ange Noir n'est pas un policier héroïque mais un vilain massacreur."

508 pages - 49 francs

SUPER POCHE / FLEUVE NOIR
DES "POCHE" DIFFÉRENTS

DICTIONNAIRE

SAN-ANTONIO

Depuis Rabelais, aucun écrivain de langue française n'a pu prétendre, autant que San-Antonio, être parvenu à forger un langage qui lui soit propre.

Avec ses quelque 15 500 entrées, ce dictionnaire en apporte la preuve la plus éclatante. Et montre, exemples à l'appui, que San-Antonio est bel et bien un auteur de génie.

Un monument.

648 pages - 157 francs
grand format cartonné

FLEUVE NOIR

Achevé d'imprimer en octobre 1996
sur les presses de l'imprimerie Bussière
à Saint-Amand (Cher)